DU MÊME AUTEUR

Aux Éditions Gallimard

HEUREUX COMME DIEU EN FRANCE, 2002. Prix Terre de France – La Vie, 2002 (Folio n° 4019).

LA MALÉDICTION D'EDGAR, 2005 (Folio n° 4417).

UNE EXÉCUTION ORDINAIRE, 2007 (Folio n° 4693).

L'INSOMNIE DES ÉTOILES, 2010 (Folio n° 5387).

AVENUE DES GÉANTS, 2012. Prix des lycéennes de *Elle*, 2013 (Folio n° 5647 et Écoutez lire).

LES VITAMINES DU SOLEIL (nouvelle extraite du recueil *En bas, les nuages*, Folio 2 €, 2015).

TRILOGIE DE L'EMPRISE :

L'EMPRISE, 2014. Prix du Roman-News, 2014 (Folio n° 5925).

QUINQUENNAT, 2015 (Folio n° 6099).

ULTIME PARTIE, 2016 (Folio n° 6276).

ILS VONT TUER ROBERT KENNEDY, 2017 (Folio n° 6635).

TRANSPARENCE, 2019 (Folio n° 6881).

Aux Éditions Gallimard Loisirs

SOUSS MASSA DRÂA. L'étoile du Sud marocain (avec les photographies de Thomas Goisque), 2005.

Aux Éditions Flammarion

EN BAS, LES NUAGES, 2008 (Folio n° 5108).

Chez d'autres éditeurs

LA CHAMBRE DES OFFICIERS, Éditions J.-C. Lattès, 1998 (Pocket).

CAMPAGNE ANGLAISE, Éditions J.-C. Lattès, 2000 (Pocket).

L'HOMME NU. Le livre noir de la révolution numérique, Éditions Plon / Robert Laffont, 2016.

INTÉRIEUR JOUR, Robert Laffont, 2018 (Folio n° 6880).

LA VOLONTÉ

MARC DUGAIN

LA VOLONTÉ

roman

GALLIMARD

© *Éditions Gallimard, 2021.*

La plus belle des fictions est celle qu'on entretient sur ses proches dans des souvenirs qui jalonnent une mémoire flottante. Ce n'est pas la biographie d'inconnus, c'est un vrai roman.

La ville était cernée de montagnes mais, à cette heure du crépuscule, il était impossible de les distinguer dans la masse sombre du ciel artificiellement éclairée par les seuls lampadaires de la rue. Pour celui qui connaissait les lieux, le froid qui descendait de ces géants inertes suffisait à signaler leur présence, même de nuit. Il pleuvait. Une pluie qui chasse l'hiver pour faire place à un printemps glacial. L'angoisse qui se diffusait dans mes veines s'était installée deux ans auparavant, quand le diagnostic implacable avait été posé.

Il m'était parvenu par l'intermédiaire de son meilleur ami, un médecin militaire de la coloniale, qui m'avait invité à déjeuner pour me dire, désolé, que rien ne pouvait désormais le sauver. Chez d'autres, une tumeur suffisait à éteindre une vie, or on en avait trouvé chez lui des dizaines. Il multipliait les cellules malignes comme le Messie avait multiplié les pains. On avait alors parlé de quelques semaines, au mieux, pourtant deux ans s'étaient écoulés avant que cet homme qui croyait tant à la science ne s'écroule devant son impuissance.

Le parking se vidait. Le personnel hospitalier de jour rejoignait ses pénates en espérant certainement oublier jusqu'au lendemain cette longue procession de la maladie dans laquelle notre corps, notre ennemi le plus intime, finit toujours par vaincre notre esprit pour le précipiter dans des abîmes. La rencontre du froid intérieur et des basses températures venues des montagnes m'avait figé.

J'allais mourir une première fois avec lui et il me faudrait ensuite trouver la force de la résurrection, seul. Je n'avais jamais imaginé que si jeune, au seuil de mon existence, j'allais être confronté à la violence d'une telle épreuve. La question de la dépression qui allait suivre risquait de se poser mais j'en avais déjà démonté les mécanismes : ne sombre dans ce cancer de l'âme que celui qui refuse le monde tel qu'il est. Il faut savoir s'avouer vaincu si l'on veut perdurer dans son être, et toutes les illusions sont permises pour persévérer.

C'est la fin. Lui si fier autrefois de sa carrure de Mohamed Ali s'est rétréci. Il est désormais jaune, frêle, émacié. Ne restent que sa large tête de Celte et ses yeux un peu bridés, mais un voile s'est posé sur son regard, le voile de la pudeur de celui qui, sachant qu'il va disparaître, n'entretient plus aucune chimère, et se prépare dans les vapeurs de la morphine à glisser dans l'au-delà.

On l'a transféré ce matin aux étages élevés, ce pavillon des cancéreux sans espoir qui vivent le drame de l'inexorable extinction. Nul ne peut dire combien de temps il lui reste à souffrir. Quelques jours peut-être, qui assemblés formeront une semaine, voire deux, mais je sais qu'il peut une nouvelle fois déjouer les pronostics et subir un calvaire encore plus long.

Le grand hall de l'hôpital est vide. On se demande ce qui peut justifier un tel espace. Devant l'ascenseur, je croise quelques mines réjouies et d'autres affligées. Les premières viennent sûrement de la maternité, ici la vie entre comme elle sort. Personne ne monte avec moi. Les visites sont terminées. Sauf pour veiller les désespérés. J'ai envie de courir. D'ailleurs, depuis plusieurs mois, je ne fais que ça, courir. Pas très loin de là, sur un stade qui jouxte un incinérateur d'ordures ménagères. Je cours en rond sur une piste de quatre cents mètres.

Il est tout au fond de l'étage, à gauche, seul dans une chambre qui donne sur la ville dont les lumières scintillent d'une fausse joie. Il est assis, des oreillers coincés sous son dos douloureux. Le creux de son bras n'est plus qu'un vaste hématome relié par une aiguille à un goutte-à-goutte qui distille de la morphine à petites doses. De sa souffrance, il ne veut rien montrer, mais parfois il grimace et semble s'en excuser. Alors que rien ne l'y aide, il veut laisser le souvenir de sa dignité : d'une voix éteinte, il demande que l'un d'entre nous se rende à la maison et en rapporte du champagne. Il veut mourir comme Tchekhov, sans vraiment le connaître, mais moi je sais qu'ils ont bien plus que cela en commun.

Il n'en a rien bu, le liquide a coulé sur ses lèvres comme l'eau sur une terre aride. Je suis sorti de la chambre pour pleurer. Ces dernières années, il était le seul avec qui je parlais. J'allais le perdre inexorablement. C'était bien trop pour un vieil adolescent. L'infirmière de garde est venue pour les soins. Je suis sorti et j'ai arpenté ce couloir de la mort, sous les coups de néons péremptoires. Autour du poste des infirmières, deux petits lieux d'attente avaient été maladroitement aménagés, quelques sièges soudés, une table sur laquelle reposaient des revues usées. Rien n'était normal. Ni l'âge auquel il quittait la vie, ni l'extrême proximité que nous entretenions. J'avais passé ces dernières années à célébrer son intelligence, sa sérénité retrouvée, son scepticisme, sa sagesse. Avec lui j'éprouvais mes raisonnements, mes vues sur le monde. On ne me l'enlevait pas, on me l'arrachait.

Je ne voulais briller qu'à ses yeux. Je n'ai jamais accepté d'autre autorité que la sienne et en cela, il a forgé ma détermination à ne dépendre de rien ni de personne.

Sa douleur m'est insupportable. Mais qu'il soit confronté seconde après seconde à la terreur de sa propre fin me l'est plus encore.

Tout à l'heure, d'un signe de la main, il a éconduit poliment l'aumônier de l'hôpital venu lui rendre visite. Tout est là, encore là, rien n'est ailleurs, rien n'y parviendra. Il s'y tient. Lui, si croyant dans son enfance, si assidu à l'église, a rompu avec elle à un âge mystérieux. On ne pourrait lui reprocher de se renier à ce moment où le prêtre lui propose une passerelle céleste. Il n'a pas cette dernière faiblesse. Après la sortie de l'aumônier, je l'ai interrogé du regard et j'ai compris qu'il n'avait pas capitulé. Désormais, il ne compte plus que sur sa descendance pour assurer la continuité de son âme. Il vivra à travers moi. Cela me rassure un moment, avant que je ne craque à nouveau, terrassé par le chagrin.

La douleur s'est accentuée sur son visage. Je lui tiens la main mais je ne peux pas pleurer devant lui. Je sors une nouvelle fois dans le couloir déserté.

Je me laisse tomber sur l'un de ces bancs soudés. De là,

je vois le poste de la surveillante d'étage. Elle parle à un homme accoudé devant elle. Ces deux-là se connaissent. Ils examinent silencieusement un état des patients en partance. Il tient sa mâchoire dans sa main un court moment, et sans doute soupire-t-il avant d'inspirer pour se donner du courage. J'envie sa nonchalance. Sa blouse blanche révèle sa carrure. Des cheveux blonds et longs comme ceux d'une femme tombent sur ses épaules. Rien ne presse plus à cet étage. On ne soigne plus, on ne réanime pas, on accompagne un processus physiologique implacable. Nous mourons d'un coup, ou nous mourons lentement. Ici, la lenteur s'impose.

Tout au fond, une dame corpulente s'affaire près de l'ascenseur. Elle tire d'un chariot le nécessaire pour laver et désinfecter. L'homme se retourne. Il n'a que moi dans son champ de vision, replié sur moi-même dans une position quasi fœtale. Je me redresse. Les autres, par leur seule présence, nous rappellent parfois le respect que nous devons à nous-mêmes. Intrigué de me découvrir là, il s'approche, une grande feuille à la main, et déjà je me lève, me sèche machinalement les yeux. Il esquisse un sourire qui pour moitié est une question. Mon étonnement n'est pas feint non plus.

Il y a bien cinq ans que nous ne nous sommes plus vus. Il a gardé son visage de Viking. Qu'est-ce que nous faisons là l'un et l'autre ? Lui est l'interne de service. Moi, il s'en doute, le proche d'un mourant. Je lui désigne la chambre d'un geste de la main. Une famille vient s'asseoir sans bruit près de nous, et on lit sur le visage de la mère la crainte de déranger. On s'éloigne un peu. Je retrouve de ma contenance, j'essaye de me montrer à la hauteur. On ne se connaît pas bien, mais la surprise et le lieu nous rapprochent curieusement. Nous n'avions jamais vraiment parlé, avant. Nous étions partenaires de tennis. Des partenaires réguliers qui n'échangeaient que les salutations d'usage et des balles, deux ou trois fois par semaine. Nous ignorions tout de ce à quoi l'autre se consacrait en dehors du court. Mais quelque chose nous rapprochait, qui justifiait notre assiduité. Un rapport particulier au jeu, une volonté partagée de s'appliquer plutôt que de chercher à gagner à n'importe quel prix. Nous étions complémentaires, lui tout en force, les balles lourdes, et moi plus aérien. Et puis nous avions cessé de jouer. Lui sans doute pour passer l'internat, et moi parce que j'avais commencé à travailler, avant d'avoir un fils. Ma fille doit naître dans quelques jours. Pourquoi me suis-je précipité si jeune dans la paternité ? Pour multiplier mes raisons d'aimer, me créer une responsabilité, me convaincre que je suis capable de l'assumer. Je m'épuise à travailler le jour pour des clopinettes, et étudier la nuit.

Il a posé sa main légèrement sur mon bras pour me dire qu'il devait faire le tour des malades, et qu'il reviendrait me voir. Je le vois passer de chambre en chambre. Les personnes qu'il visite ne sont probablement pas en mesure de lui parler. Douleur et opiacés se mélangent comme dans de sombres harmonies de Chostakovitch. Comment le génie russe a-t-il pu si longtemps écrire de la musique dans un tel état de terreur ? L'interne poursuit sa tournée. Le temps qu'il passe dans les chambres est invariable. Après qu'il en est sorti, j'entre dans la chambre de mon père. Il a les yeux à demi clos et humides, sa douleur l'obsède, elle obstrue son champ de pensée déjà restreint. Il regarde devant lui, la bouche ouverte d'une façon peu naturelle. C'est lui mais ce n'est plus lui : ce qui reste de vie est abîmé par la maladie qui progresse. Quand l'interne revient me voir, je lui demande combien de temps va durer cette souffrance. Il s'assied à côté de moi, à cette extrémité du couloir vide. La courte focale de mes souvenirs l'a considérablement élargi. Il pense que cela peut être long et que je dois m'y préparer. Je lui réponds que ce n'est pas acceptable. Nous pourrions en rester là, mais je lui demande de m'aider à le faire partir, et j'ajoute que s'il ne m'aide pas, je le ferai seul. Il m'oppose calmement que le droit le met dans l'impossibilité d'abréger les souffrances des malades. Je le comprends. Je le prie alors de m'accorder un peu de temps pour lui raconter l'histoire de cette vie qui s'en va, une vie qui mérite selon moi de s'achever plus dignement.

J'ai senti à ce moment précis que ce qui nous liait était plus fort que ces parties de tennis qui nous avaient réunis plus jeunes.

Nous n'avons été dérangés qu'une seule fois, par un malade qui avait trouvé la force d'accéder à sa sonnette pour réclamer une rallonge de morphine. Pour le reste, il m'a écouté, sans jamais m'interrompre, et il m'a semblé que cette histoire avait sur lui quelques effets hypnotiques. La lui raconter m'a redonné goût à la magie de l'existence.

Je me souviens presque mot pour mot du récit fait ce jour-là, il y a trente-six ans. La façon dont je vais le raconter dans ces pages sera certainement différente, car à l'époque je devais convaincre l'interne de m'aider à mettre fin aux souffrances de mon père.

Alors que j'écris ces lignes, je suis confiné chez moi, devant la mer, sur la côte bretonne. Un patrouilleur croise au plus près des plages sur une mer étale. Un hélicoptère est passé plusieurs fois au-dessus de la maison. Le ciel est uniformément bleu, blanchi aux extrémités par les brumes matinales. À l'est, un peuplier géant, l'être vivant le plus ancien des alentours – on lui prête deux cents ans –, surplombe la bande de terre qui me sépare de la digue ensablée par les grandes marées. À ce moment précis, nous sommes un peuple assigné à résidence. Ce n'est ni la liberté, ni la prison, mais cet état intermédiaire que les régimes autoritaires réservent aux détenus de qualité quand ils veulent montrer un peu d'humanité. Est-ce la légèreté de l'air, la lumière, le printemps qui point ? La quiétude l'emporte sur l'inquiétude. Pour le moment. Cette injonction de rester chez soi pourrait rapidement être aggravée en internement médical ou, qui sait, en peine de mort. Tout ce que je crois savoir, c'est qu'un homme aurait mangé un animal infecté par la morsure d'un autre animal. Il en a contracté un virus qui s'est répandu rapidement à la faveur de la mondialisation des échanges. Notre orgueil et notre technologie n'ont rien pu contre ce micro-organisme qui s'en prend à l'animal que nous sommes, et pour longtemps encore, en attendant une hypothétique mutation. L'esprit est resté impuissant face à la plus petite des matières, et voilà notre civilisation conquérante paralysée dans son orgueil. D'ailleurs tout dit que ces évènements ne relèvent pas de l'exception. Bafouée, la nature a entrepris la reconquête de ses territoires perdus.

L'analogie apparemment lointaine entre cette situation et l'histoire de mon père a sans doute déclenché l'écriture de ce roman.

Cette curieuse absence de liberté m'a donné l'opportunité de me consacrer à mon dernier fils, que j'ai eu à l'âge où mon propre père est mort. Nous voilà, ma femme et moi, repliés sur nous-mêmes. Je pense aussi à un autre de mes fils, bloqué là-bas au-delà des frontières, et dont je ne sais pour l'instant quand je le reverrai.

Les forces de l'esprit ont une logique mystérieuse qui me conduit à écrire ce livre maintenant que le silence gagne sur le bruit. Au-dessus du ronflement des vagues, le chant du merle et des tourterelles turques s'épanouit, coupé par quelques mouettes rieuses. À travers ma fenêtre, je vois se succéder sur la mangeoire des oiseaux, la mésange huppée, le rouge-gorge, la fauvette à tête noire, l'accenteur mouchet. Tous sont en couple. Seul manque le moineau, qui disparaît devant notre avancée. Notre droit à la mobilité, une des origines de la destruction de notre planète, est suspendu, et pour quelques jours les autres espèces retrouvent une liberté oubliée, celle de compter autant que nous. Difficile de ne pas m'avouer que ce confinement est ma vraie nature et que, les inconvénients anecdotiques mis à part, je me plais dans cette sidération qui ressemble à un retour à la réalité après l'excès d'illusions. Loin de moi les prophéties et les superstitions, c'est le lot de ceux qui, à trouver leur vie trop ordinaire, attendent de l'extérieur le salut à leur ennui profond. Quelque chose s'ajuste discrètement. La civilisation tout entière a subitement pénétré dans un cloître à l'heure de la prière, laissant derrière elle ses précipitations et le souvenir récent de ses abus. Est-elle prête à s'appauvrir pour retrouver la raison ? Rien n'est moins sûr. Au contraire, l'épidémie éteinte, on la retrouvera à sa frénésie et à son agitation mais, au moins pendant quelques semaines, on aura respiré de l'air pur, on aura profité des siens et éventuellement de soi.

De son enfance, je ne connais que ce qu'il m'en a lui-même raconté, des bribes éparses que je pourrais recoller avec méticulosité. Mais c'est là presque un travail d'historien. Je préfère ma mémoire visuelle, succession d'images d'un film qu'il m'aurait projeté en m'évoquant ses souvenirs.

Le monde de son enfance est celui de la terre, mais ses rêves et ses ambitions sont en mer. Ils accompagnent les longues absences de son propre père embarqué sur des navires transatlantiques. La terre qui longe l'océan dans cette partie de la Bretagne n'est pas assez riche pour nourrir tout le monde. Au début de ce XXᵉ siècle qu'il ne verra pas finir, on ne gagne pas grand-chose à la travailler, pas beaucoup plus qu'aux siècles précédents, quand la famille avait depuis longtemps déjà tout misé sur l'océan. Ce qui n'empêche pas d'aider aux champs des cousins, la lointaine branche terrienne dont une partie s'est exilée en Amérique.

Aîné de trois enfants vivant la plupart du temps seuls avec leur mère, il grandit avec le sens de ses responsabilités.

Excessif, parfois, par l'autorité sans doute abusive qu'il exerce sur son frère et sa sœur cadette. La limite entre l'impécuniosité et la pauvreté est ténue, mais la crainte de déchoir est absente de son esprit. La mer les a toujours nourris, même mal. Son père s'est embarqué comme mousse à quatorze ans sur les goélettes qui faisaient voile vers l'Islande, pour des campagnes de pêche qu'il accompagnera jusqu'à Terre-Neuve avant de s'engager comme matelot sur de plus gros navires.

L'image qu'il garde de son père est celle d'un homme de taille moyenne, trapu, solide, à la tête carrée, aussi brave qu'il peut être méchant. Mais sa méchanceté épargne toujours son fils aîné. Comme beaucoup d'hommes de la mer, quand il est là, il n'est pas là non plus. Il s'ennuie sur la terre ferme quand ce n'est pas celle des ports grouillant de marins. Cela pèse sur sa relation avec sa femme, qui a le tort de l'attendre et d'espérer. Espérer quoi, d'ailleurs ? La situation n'a rien d'extraordinaire, et finalement on s'en accommode sans drame. Le vieux, qui est encore jeune, fait souvent la tournée des bars – il n'y en a que deux, dont l'un est sur la grand-route. La tournée des fermes, aussi, où il vient donner un coup de main, besogner avec l'autre branche de la famille qui le rétribue en nature. Il s'y boit du cidre, du brut, et parfois le calva circule. Il lui arrive de rentrer ivre mais jamais au point de faire scandale. Le reste du temps, il s'occupe du potager et des clapiers à lapins dont le maigre produit soulage sa solde. Les enfants sont sérieux et appliqués à l'école. L'aîné et le cadet n'ont qu'une obsession, devenir officiers de marine. L'instituteur exprime ouvertement sa satisfaction les concernant.

Le village n'est pas sur la mer. Il est en retrait, dans une combe où, depuis le XIIᵉ siècle, les cloches de l'église sonnent les baptêmes, les mariages et les enterrements de tous les membres de la famille. Une bonne partie de l'état civil, et du cimetière, leur est consacrée. Dans mon souvenir, le bourg se rétrécit en descendant, pour ne laisser de chaque côté de la route qu'une forêt dense et humide qui aboutit quelques kilomètres plus loin sur une plage immense. C'est là que les enfants viennent s'échapper, construire un imaginaire infini. Les plus téméraires plongent de la jetée à marée haute. Lui se baigne aussi parfois, avec le sentiment du sacrilège car la sentence de son père lui revient toujours : « On ne se vautre pas dans son gagne-pain. » Je l'ai entendu parler des coquillages qu'il ramassait, particulièrement lors des grandes marées, mais pas de pêche, jamais. Pourquoi ? Je n'en sais rien. Sans doute empruntait-il le chemin qui part vers l'ouest et monte parfois dangereusement le long de la falaise, pour contempler cette étendue où, au loin, finissent par se fondre le ciel et la mer.

La famille ne possède pas grand-chose mais il ne lui manque rien. En tout cas à cette époque. Autour d'eux, aucune fortune indécente, qui susciterait envie et jalousie, ne s'étale. Seule une famille de la haute, celle d'un musicien apprécié jusqu'à Paris, un homme sage et généreux, possède un château, au bourg.

Les petits gars vivent au milieu des femmes, leurs mères, leurs grands-mères, leurs tantes. La plupart d'entre elles ont un mari en mer, d'autres sont devenues veuves prématurément.

Comme cette aïeule dont l'histoire circule dans la famille.

On est venu un matin lui annoncer que son mari avait disparu dans un naufrage en mer de Chine. Savait-elle seulement où était la Chine ?

Le village partage sa douleur, même si on sait qu'elle a depuis longtemps un amant, un garçon de ferme discret et beau garçon qui se faufile entre les prés pour la rejoindre dans sa maison légèrement isolée. Elle prend du bon temps, et elle a raison. Est-ce que son mari se gêne, lui, pendant ses escales ? Mais il est du devoir des femmes d'attendre sagement le retour d'hommes qui prétendent sacrifier leur vie pour elles, pour leur subsistance et celle de leurs enfants. C'est comme ça qu'est écrite la fable de la bienséance. Pourtant certaines n'en ont que faire et y dérogent avec courage, malgré les suspicions et les quolibets qu'on leur accroche comme des guirlandes.

La mort de son mari, elle se l'était certainement imaginée bien des fois, mais pas avec une telle réalité. Elle l'a trompé sans jamais souhaiter le perdre. Au contraire, elle aurait voulu l'avoir près d'elle chaque jour. Mais elle est née au mauvais endroit, dans ces contrées que seuls les hommes quittent, par nécessité. La culpabilité d'avoir trompé le défunt la ronge. Elle renvoie son amant, l'ignore comme s'il n'avait jamais existé. Elle organise un enterrement blanc. Une stèle sans trou, une croix, une photo sous verre. Puis elle tombe dans une sorte de mystique du disparu, alimentée par les reproches qu'elle se fait. On la voit retourner à l'église qu'elle avait désertée, elle reprend le chemin de l'abnégation, comme tant d'autres autour d'elle, que leur compagnon soit mort ou vif. La communauté se montre circonspecte quant à la morale retrouvée de la jeune femme, mais elle n'en a que faire. Elle déambule sur les hauteurs de la grande plage, sa coiffe à la main, cherchant la gifle d'un vent glacial. Certains jugent qu'elle est sur la pente de la folie, ce qui n'est pas rare dans la famille.

Après quelques semaines de ce deuil, une nouvelle vient fracasser cet être fragile. Il est là. Descendu d'une charrette au lieu-dit Le Halte-Là, un peu plus haut que le village. Le mort-vivant est tout à la joie d'avoir survécu quatre jours accroché à des débris de son bateau. Il retrouve sa femme dans leur maison, prostrée auprès de la cheminée, les yeux anormalement ouverts. Elle ne parvient pas à croire que c'est lui, rescapé d'un naufrage à l'autre bout du monde. Elle n'y voit pas un retour, mais une résurrection, elle s'imagine qu'il revient pour la menacer, peut-être pour la punir, et son esprit chancelant finit de se lézarder. À l'étrangeté de ces retrouvailles, il ne peut opposer que la fuite. On l'aperçoit dans le bar du village où il est fêté, on le voit aussi visiter sa propre tombe. Mais les gouttes d'eau qui se sont infiltrées dans ses poumons lors du naufrage font leur œuvre et se transforment en pleurésie. Il s'alite. Elle prend soin de lui, le regard toujours aussi perdu. Ils n'ont jamais eu l'habitude de se parler, et maintenant le temps leur est compté : la fièvre aspire sa conscience, il délire, elle aussi. Le docteur vient dans la petite maison isolée. Il ne dit rien à celle qui désormais pose sur lui des yeux de folle. Il sait que la fièvre associée à l'étouffement va emporter l'homme. Le lendemain, elle retrouve son mari blême, les yeux écarquillés et fixes. Son corps est enterré là où ne manquait que lui. On creuse devant sa croix avant de l'enfouir pendant qu'on tient la veuve qui a complètement perdu l'esprit. Celui-ci vaquera ensuite loin de son corps désormais réduit aux automatismes de la conservation.

Ce village, il le quitte, avec toute la famille, quand son propre père est embauché sur un transatlantique reliant Le Havre et New York. Des rotations courtes et des permissions qui le sont tout autant. Elles ne laissent pas le temps au vieux de regagner la Bretagne. Alors la famille vient à lui et s'installe au quai des brumes, dans un appartement des docks qui donne sur le port. Quand il regarde à travers la fenêtre du modeste logement dont les toilettes, collectives, sont sur le palier, le garçon voit se détacher dans le brouillard ces énormes masses de métal, qui défient Archimède et forgent une indestructible ambition : il en sera un jour le pacha.

Le vieux, qui est à peine plus vieux, apprend à vivre avec une femme et des enfants dont il est fier sans le dire. Ils réussissent à l'école et, dans une famille plutôt pauvre, on ne leur demande pas grand-chose d'autre. L'ascension sociale est en marche. On est avant la guerre. Je n'ai retrouvé de cette époque qu'une seule photo de son père, qu'on surnommera plus tard « le Bosco » car, de mousse, puis matelot, il deviendra quartier-maître. Une photo de famille sur laquelle il pose devant un photographe avec sa mère et sa sœur jumelle, toutes deux en coiffe. Sa sœur et lui se ressemblent, avec leurs yeux étirés et suspicieux, leur menton qui avance en forme de gros galet. Le costume mis pour l'occasion enveloppe maladroitement la carrure du jeune homme. Les manches finissent sur des mains larges. L'étrangeté vient de sa moustache courte, taillée au-dessous du nez, dont la forme sera rendue célèbre par le plus grand scélérat du XXe siècle, de l'autre côté du Rhin. Aucun signe d'allégeance à l'idéologie du petit peintre : c'est la mode, et d'ailleurs, une fois le dictateur déchu, il gardera cette drôle de moustache.

Lui ne fait pas mystère de ses excès. Il se vante de n'utiliser qu'une seule allumette le matin pour sa première cigarette, au réveil. Les autres vont s'allumer ensuite avec le mégot fumant des précédentes. Il boit dru et démarre avec des alcools forts au petit déjeuner, puis se maintient dans une ivresse plus ou moins acceptable, qui lui vaut des éclairs de méchanceté, comme si soudainement les siens lui devenaient étrangers. Sa jumelle, au contraire, cultive la bonté et se plaît à se structurer au rythme de l'Église, de mâtine à vêpres. Elle n'est d'aucun excès. L'un et l'autre mourront la même semaine, à l'aube de leurs quatre-vingt-dix ans. Mon dernier souvenir du Bosco est celui de larmes versées sur la tombe de son fils par un homme mortifié de cette inversion de l'ordre des choses. Mais nous en sommes encore loin. La rudesse qu'on lit dans son regard sur la photo ne dit rien du destin exceptionnel – mais qui ne paraîtra exceptionnel qu'aux autres – qui l'attend. Marguerite, sa femme, a une forme de courage différente, consistant à résister à la peur diffuse qui noue ses tripes et dont elle ne montre rien. Elle craint déjà sans le savoir ce qui va advenir. Le malheur s'annonce sourdement bien avant qu'il ne surgisse.

Comme dans beaucoup de grandes villes portuaires, le présent a été abandonné pour des promesses d'horizons radieux. Mais pour ceux qui restent et n'en voient que les quais, la mer est verte ou grise, sans caractère, souillée par les grands bâtiments qui font vivre l'agglomération. Le privilège, quand on est né pauvre, c'est de ne pas s'imaginer cousu d'or. Le Bosco s'en prend régulièrement aux riches. Avant, il les imaginait plus qu'il ne les connaissait, maintenant il croise sur les coursives, ou quand il est à la manœuvre, les nantis vivant sur ces paquebots la vie des hôtels de luxe dans une vacuité qui l'intrigue. Comment peut-on gagner autant d'argent en se prélassant ? Ils doivent avoir des secrets qu'ils gardent jalousement.

Avant la guerre, sur les docks malfamés du Havre, la tentation est grande pour les enfants d'emprunter des raccourcis plutôt que de travailler à l'école. Marguerite tient la bride courte aux siens. Pourtant cette immersion brutale dans un prolétariat urbain ne les distrait pas de leurs objectifs, leur regard se fixe par-delà les barrières.

De la déflagration qui se prépare, les parents ne perçoivent que des bribes alarmantes. De gros nuages sombres s'accumulent au-dessus de l'Europe mais, comme souvent, les pauvres gens considèrent que ce n'est pas leur affaire, le monde, au loin, avance sans eux. Mais le nœud ne fait que grossir dans le ventre de la Marguerite. On se rassure comme on peut, les journaux qui traînent disent qu'on a sauvé la paix. Une seconde grande guerre dans un même siècle, qui serait assez fou pour déclencher cela ? Le Bosco n'est pas seulement marin, il est aussi socialiste. Il voit qu'ils n'ont pas grand-chose, que d'autres n'en ont jamais assez, et il voudrait que cela cesse. Il ne s'engage pas pour autant auprès des communistes, il n'aime pas l'embrigadement. À bientôt quarante ans, il a passé l'âge de la conscription, ses enfants sont encore trop jeunes, la guerre devrait épargner sa famille. À naviguer entre le Vieux Continent et New York, même si les escales sont de courte durée, il mesure le dynamisme de l'Amérique et il en est émerveillé, quand la vie au Havre, elle, ne lui renvoie que l'image de la lassitude d'une nation tout juste bonne à intellectualiser son désarroi.

La guerre déclarée, il devient urgent d'attendre et de ne rien changer. La Pologne est-elle atomisée par une horde de sauvages blindés ? Qu'importe, nous attendons l'ennemi depuis notre « balcon en forêt ». Ils n'oseront pas.

Finalement, ils osent, et déferlent sur la France.

Des grands prés qui surplombent l'océan, sur les hauteurs saisissantes de cette côte bretonne, il se demande certainement ce que fait le Bosco, là-bas, de l'autre côté de l'Atlantique, alors qu'il aide son cousin et quelques saisonniers à charger une charrette de paille. Il fait presque chaud sur cette côte du Nord. Deux traits bretons, l'encolure détendue, le regard éteint derrière leurs œillères, attendent que le chargement soit terminé. C'est l'heure de la pause, la première de la matinée, et ils s'asseyent dans l'ombre pâle des roues pour déballer du cidre, du pain et un morceau de lard. Les effluves de la terre se mélangent aux embruns. On parle breton, on plaisante, rien ne transpire de la débâcle ni de l'occupation allemande. La France a déclaré la guerre en pensant peut-être qu'elle pourrait se dispenser de la faire. Mais elle a bien eu lieu, une guerre éclair, une défaite foudroyante.

Il revoit l'image du préposé de la compagnie maritime en col blanc annonçant à sa mère que son mari ne rentrerait pas. Son bateau, parti de New York pour Le Havre, a fait demi-tour à la nouvelle de l'invasion allemande et il n'y a aucune chance qu'il revienne en France. Quant à son mari personnellement, et aux autres membres de l'équipage français, il ne sait rien. Mais il se veut coopératif et réfléchit en haussant un sourcil : si l'idée lui venait de rallier la France, ce qui selon lui serait une erreur, il lui faudrait passer par l'Angleterre, à supposer que les Allemands ne l'aient pas détruite d'ici là, car un étrange ballet de bombardiers aux couleurs du Reich a commencé en direction des îles Britanniques, qui connaissent dit-on des pertes terrifiantes. Et le bonhomme de se réjouir de cette victoire rapide des Allemands sur notre territoire qui s'est très vite transformée en armistice. Alors sa mère aborde le sujet sensible : pourrait-elle recevoir une avance, un acompte sur la rémunération de son mari ? Il répond d'une même voix neutre. Une avance ne pourrait se justifier que si la compagnie prévoyait de verser un salaire, mais il n'en est plus question puisque la ligne est interrompue. Pense-t-il que son mari pourra d'une façon ou d'une autre lui envoyer de l'argent ? Les mandats internationaux sont supprimés, il faudrait qu'il vienne lui-même avec cet argent et pour cela, fait-il remarquer justement, il faudrait qu'il l'ait gagné. Elle voudrait pouvoir le contacter, lui parler, mais c'est peine perdue : elle n'aura de nouvelles que si son mari les apporte lui-même. Un haussement des deux sourcils montre à quel point il est sceptique à ce sujet.

Elle pleure beaucoup, parce que ça ne coûte rien et que personne ne la voit. Elle trouve la force intérieure de ne pas céder à la panique, elle sait que d'autres ont vécu la débâcle, les colonnes de civils pilonnées par l'aviation allemande, leurs enfants affamés, blessés, épuisés par des marches interminables. Le panorama des horreurs la renvoie à sa solitude, avec ses trois enfants, sans aucune ressource. Son homme ne reviendra qu'une fois la guerre terminée, elle le sait, il ne réapparaîtra pas avant. Peut-être refera-t-il sa vie ailleurs, là-bas, de l'autre côté de l'Atlantique, après avoir rejoint ses cousins à Los Angeles. Elle l'imagine une Américaine au bras, des enfants, une autre progéniture que la sienne. Elle s'efforce de ne pas y penser, de se concentrer sur la seule chose qui vaille, nourrir ses enfants, les éloigner de ce port lugubre sur le béton duquel ne pousse que la misère. Elle réunit ses dernières économies pour payer le voyage vers la Bretagne. Elle laisse tout derrière elle, c'est-à-dire bien peu. Dans le train, elle regarde ses trois enfants découvrant à travers la grande fenêtre les paysages ensoleillés d'une nature qui ne dit rien de ce qui se passe entre les hommes. Les villages paisibles défilent, le fracas du train contre les rails intrigue mollement les vaches regroupées pour paître. On s'arrête parfois dans une ville, où on lit sur les visages des voyageurs la même peur qui empêche toute amabilité. Vaincus, les Français vont commencer à se déchirer, à chercher des responsables, à désigner des boucs émissaires, à collaborer avec l'ennemi, à lui résister. La dépression qui a infiltré les âmes depuis la fin de la grande boucherie de 14 s'épanouit en pleine lumière, mais Marguerite ne voit rien de tout ça, elle est comme la plupart des individus violemment réduite à ne penser qu'à survivre, loger et nourrir ses trois enfants. Elle ne veut pas anéantir la promesse qu'ils représentent. À la précédente gare deux voyageurs sont montés, un homme et une femme qui ne se connaissent pas. Elle a regroupé ses enfants pour faire de la place à la femme dont l'élégance semble vouloir contenir des sentiments confus. L'homme s'est assis sans enlever son chapeau, sans un regard pour Marguerite ni pour sa marmaille. Puis il a allumé une cigarette, laissant l'écran de fumée s'installer progressivement entre lui et les autres. Son regard noyé d'indifférence est fixé droit devant lui, comme s'il se retenait de sortir son journal de sa poche de peur que le geste n'en dise trop sur lui.

Alors que les enfants s'assoupissent, bercés par le balancement du train, elle prie. Elle ne s'en sortira pas seule, il lui faut le soutien du Père créateur, de l'Immense, de l'Éternel pour qui sa dévotion est sans condition ni limite. Elle ne se figure pas qu'Il n'est que le médiateur, le révélateur de cette force qu'elle va chercher au-delà de tout ce qui lui est accessible. La petite a faim. Marguerite fait mine de ne pas avoir entendu. Les garçons se tournent vers elle. Mais comme elle ne répond rien, ils se remettent à regarder par la fenêtre.

En Bretagne, sa mère la reprend auprès d'elle, avec les trois mômes propres et sages, et Marguerite cherche un travail. On lui parle d'un poste de serveuse au bar du village. Son aîné a quatorze ans, il est robuste, on ne sait quand l'école reprendra, on propose ses services de ferme en ferme. Ces petits pécules additionnés, sans le poids d'un loyer comme au Havre, devraient permettre de s'en sortir. Mais cela suffit à peine, l'adolescent le sait, lui qui déjà cherche comment améliorer l'ordinaire. D'autres moins scrupuleux que lui participeront à fournir le marché noir. Il ne veut pas en entendre parler. Il préfère chasser. La chasse est fermée, la détention d'armes interdite par les Allemands, mais cela ne suffit pas à arrêter ses projets. La façon dont il va les mettre en œuvre serait anecdotique si là n'était le décor du drame de son existence, dont à ce stade il ne sait encore rien.

On ne se bat pas pour une nation. On se bat pour l'idée qu'on s'en fait. Et lui n'a pas encore la moindre idée sur le sujet. Il entre dans cette guerre comme il aborde l'adolescence, intrigué mais confiant. Après la fable de l'enfance vient le désenchantement qui prépare aux compromis de l'âge adulte. Mais, n'ayant jamais nourri d'illusions, il ne craint rien pour la suite.

Les Allemands s'installent sur cette côte Atlantique avec l'intention de l'occuper durablement. Ils entendent dresser un mur contre l'ennemi. S'ils n'ont pas mis long-temps pour envahir l'ouest de l'Europe continentale, ils savent que garder ces territoires nécessite de ne rien laisser au hasard et d'éliminer toutes les possibilités de débarquement.

Ils l'intriguent. Il les regarde, les observe. Ils fréquentent le bar où sa mère travaille. Ils s'y soûlent avec méthode, poliment. Les mêmes hommes qu'il espionne au bar débarquent un jour dans leur maison à la recherche de postes de TSF. La politesse a disparu, ce ne sont plus les individus normaux qu'il avait cru voir, mais les éléments d'une meute impitoyable. Le poste est accroché au dos de la porte d'entrée, qu'ils laissent ouverte pendant la perquisition, et referment en partant sans rien avoir trouvé. On ne le changera plus jamais de place.

Marguerite parvient à peine à joindre les deux bouts. Pourtant son aîné ne se ménage pas, il continue à proposer ses services dans les fermes. Mais on entre dans l'hiver 40. Après les foins, les moissons, le ramassage des pommes, les travaux de la morte-saison ne rapportent pour ainsi dire rien. Pour pêcher il faudrait, si ce n'est un bateau, du moins un canot, mais cela nécessiterait l'autorisation des Allemands, trop occupés à piller les fermes pour se soucier de telles demandes. Un cousin qui mourra prématurément du diabète avant la fin de la guerre lui prête un furet, ce petit animal domestique à tête de fouine qui, dressé, peut être utilisé pour la chasse. Sur les bordures des grands prés où il a travaillé à la belle saison, les lapins de garenne ont creusé des galeries et il comprend selon quelle logique ils circulent. La tradition veut qu'on introduise le furet, qui pousse les lapins vers la sortie. Il arrive qu'on attende des heures quand l'animal, au lieu de pousser la proie, la saisit et la saigne pour son propre compte. Avant la guerre, on tirait les lapins de garenne qui sautaient de leur terrier comme à la kermesse. Mais il n'est plus question d'armes. Il a donc bricolé des collets pour les étrangler d'un coup sec. Ce n'est pas toujours beau à voir, mais il n'y peut rien.

Le travail, le braconnage, tout cela vaut pour les samedis et les dimanches. Boursier de l'État, il étudie la semaine dans un collège dont il est pensionnaire. Sa mère a été convoquée par le principal en ce début d'année 41. Elle prend le train et se rend au collège de sa démarche discrète, longeant les murs de cette petite ville inhospitalière. Elle a honte de sa mise qui trahit son impécuniosité. L'inquiétude est sa nature profonde et les récents évènements ont donné raison à ses craintes. Si le pire n'est jamais certain, il n'est jamais loin non plus. Elle marche sans croiser un regard, du plomb dans les veines, comme chaque fois qu'elle doit affronter une autorité. On ne lui a rien dit du motif de sa convocation. Elle inspecte le plafond du bureau du principal pour éviter son regard. L'homme se montre avenant même si tout dans son attitude inspire la distance. Il n'y va pas par quatre chemins : ses deux fils montrent des dispositions remarquables pour les études que l'école publique se doit d'encourager. Il lui faut se préparer à demander une nouvelle bourse pour que leur parcours se prolonge au lycée dans les meilleures conditions. Il soutiendra personnellement la demande. Il ajoute qu'il serait bon de les libérer de tâches qui pèsent apparemment sur leurs fins de semaine, les privant d'un temps précieux, ce qui pourrait être préjudiciable plus tard, au moment des préparations et des concours pour les grandes écoles. Elle pourrait répondre que, sans mari et sans solde, leur aide lui est indispensable. Mais pas un son ne sort. Au fond d'elle-même, elle ne sait pas si elle doit se réjouir à l'idée que ses deux fils la quittent pour s'engager dans de hautes études qui n'amélioreront pas leur condition avant dix bonnes années. Elle hésite à remercier, à s'excuser, elle ne sait pas trop, alors elle ne dit rien, serre son petit sac en cuir contre elle, acquiesce de la tête comme si cela ne l'engageait à rien. De cette conversation, elle ne dira pas un mot à ses fils qui continuent la débrouille tout en étudiant dur. Mais elle remplira tous les papiers nécessaires à leurs demandes de bourses.

Les faits se déroulent au plus fort de l'hiver 41. Des froids inhabituels durcissent la terre que les entrées maritimes ne parviennent plus à adoucir. La nature pétrifiée n'inspire que la désolation. Le norois et les vents d'est lui font courber l'échine, elle n'a plus rien à donner. Après avoir rendu le furet à son propriétaire, il a repris la chasse au collet, la chasse sans arme des braconniers. Il a repéré un lieu, là où les premières ombres de la forêt recouvrent un chemin qui conduit à des garennes parsemées de fougères jaunes. Les lapins aiment creuser leurs terriers dans cette terre sablonneuse. Pour bricoler son piège, il s'est allongé sur le ventre, le visage devant l'entrée de la galerie. Il a acquis une expertise, il le sait, il en est fier. Alors que ses mains finissent d'ajuster le nœud coulant, une onde étrange le parcourt du bassin aux pieds. Il ne s'en inquiète pas. Il termine son ouvrage méticuleusement. Mais quand vient le moment de se relever, ses muscles ne réagissent pas à l'injonction de son cerveau. Ils ont subitement déserté le champ de sa volonté.

Déjà, plus tôt dans l'après-midi naissante, il a ressenti des courbatures, des douleurs aux jointures et un peu de fièvre, mais il n'y a pas prêté attention. Il voulait rapporter à sa mère un peu d'avance de nourriture avant de rejoindre l'internat ce soir-là.

La paralysie a saisi ses jambes, il ne peut plus se relever. Il est dans un endroit reculé, loin de toute habitation. Seul lui vient aux oreilles le roulement de la mer, loin en contrebas. Sa tête, son torse semblent épargnés. Comme un marin scrupuleux sorti du gros temps, il fait le tour des avaries. Ses membres inférieurs se sont détachés de lui.

Crier ne servirait à rien, ses cris se perdraient dans un vent peu portant. Le temps passe. La sidération fait lentement place à la réflexion et à la crainte que la paralysie ne s'étende et n'enferme dans les glaces son torse, ses bras puis sa tête, ne fige son cerveau, avant de l'entraîner dans la mort. Il ne sait rien de sa maladie mais il lui applique une logique simple, celle de la progression et de l'envahissement.

Une heure passe et rien dans son état ne change, il est d'une consternante stabilité. Il décide alors de reprendre le mouvement. Il se met à ramper.

Sur les coudes, traînant ses jambes mortes, il prend à travers champs la direction de la route, qui serpente sur une crête parsemée de quelques maisons anciennes. Il ne se fait toutefois pas d'illusions. Rares sont les propriétaires de voiture alentour, et plus encore ceux qui ont de l'essence.

À l'ouest, le soleil commence à pâlir derrière les nuages

d'altitude. Alors qu'il s'approche lentement de la route sur ses coudes douloureux, il commence à craindre d'y être découvert par les Allemands, qui patrouillent après l'heure du couvre-feu. Il se dit tellement de choses sur eux, sur leur absence d'humanité, sur les exactions commises lors de leur avancée en territoire français. Soixante-dix ans de haine et trois guerres ont nourri des histoires. Et encore, rien n'a filtré de l'élimination des malades mentaux, des déficients de toute sorte, ni des camps où commencent à s'entasser des opposants et des juifs. Mais sans doute pressent-il qu'ils n'ont aucune pitié pour ceux qu'ils considèrent comme des poids, des bouches inutiles à nourrir. Il les imagine sans peine achever un être rampant et sans destin, désormais à mi-chemin entre l'homme et l'animal, lui épargner les souffrances à venir et soulager la société du fardeau qu'il représente. Ses coudes sont en sang. La maladie l'affaiblit.

L'heure habituelle de son retour est déjà largement dépassée. Sa mère est certainement plantée devant l'horloge, à compter les minutes qui la séparent de sa quiétude perdue.

Même s'il est trop jeune pour céder au désespoir, l'idée que la maladie reprenne sa folle escalade pour s'étendre sur tout son corps le terrifie. On retrouverait sa dépouille inerte dans ce champ de betterave. La route est encore loin, beaucoup trop loin. Il puise au plus profond de lui-même, mais les forces lui manquent. Il finit la tête sur le talus qui borde l'asphalte. Il a fait tout son possible, il en appelle à Dieu et se laisse sombrer dans l'inconscience.

Envoyer son cadet le chercher ne servirait à rien. D'abord, il est trop jeune. Ensuite, il fait nuit, et il risquerait de se faire arrêter par les Allemands pour avoir violé le couvre-feu.

L'inquiétude a fait place à la panique. Rien de rationnel ne peut expliquer que son fils ne soit pas rentré. Marguerite connaît son sens des responsabilités. Depuis la disparition de son mari, elle a toujours pu compter sur lui. Toujours à l'heure pour dîner, pour se mettre à ses devoirs, et toujours là pour la rassurer, même si elle ne le ménage pas. Il lui est forcément arrivé quelque chose de grave. Sa propre mère, sage et pieuse, n'a pas cette anxiété, pas plus qu'elle n'a la réponse à cette énigme, mais elle pense que sa foi superstitieuse les protège d'un dénouement malheureux. La vieille femme croit à la profonde humilité de l'individu devant la puissance du destin. On ne nage pas à contre-courant et il ne sert à rien d'ajouter l'angoisse à l'inquiétude. Sur ce, elle va se coucher, « pour faire avancer le jour ». Marguerite guette le moindre bruit. Il avait pris son vélo pour aller braconner. Une voiture l'a peut-être heurté à l'heure où le jour et la nuit conspirent à ce que plus rien ne se distingue. Ou alors les Allemands l'ont attrapé. Pour braconnage, ils peuvent l'avoir saisi et emmené en ville. Ou pour avoir violé le couvre-feu. Les Boches fraîchement installés n'ont pas encore essuyé d'actes de résistance et la répression ne s'est pas généralisée. Afin de se rassurer, elle les imagine compréhensifs envers un adolescent. Les heures passent, elle somnole parfois, ramenée à la veille par des sursauts d'angoisse.

Aux premières lueurs du jour, elle sort de la maison comme un pantin de sa boîte pour se précipiter au-devant de tout ce qu'elle pourra apprendre sur la disparition de son aîné. Dans la torpeur de la cité endormie, son premier réflexe est de se rendre à l'église. C'est là qu'elle attendra, sous la protection du Seigneur.

Des quatre cents âmes attestées qui vivent là, aucune n'a encore mis le nez dehors. Les premiers bruits viennent à elle, parmi lesquels celui, reconnaissable, d'un camion allemand. Elle s'approche. Il est garé un peu plus haut dans le goulet qui débouche sur la place. Face à la maison du médecin. Ce que les Allemands sortent de leur engin, elle n'en voit rien. Cette forme portée par deux soldats semble fasciner le médecin ébouriffé qui la suit du regard. Puis les Allemands repartent. Par la porte laissée ouverte, elle entre, oubliant de frapper, poussée moins par la curiosité que par un pressentiment. Elle s'avance vers le lieu habituel de la consultation. Sur le lit réservé aux patients repose son fils dans un état de semi-conscience.

On apprendra plus tard que les occupants l'ont trouvé en bordure de route, comme un animal mort projeté par un choc, ou un épouvantail emporté là par le vent. Il a retrouvé un peu de ses esprits et de son allemand scolaire. Ses explications dans la langue de Goethe lui ont valu suffisamment de considération pour qu'ils ne le laissent pas là, sur ce talus.

Le médecin bouleversé s'avance lentement vers elle et lui demande d'attendre dans la petite salle prévue à cet effet, meublée de deux chaises sans style. Il referme la porte derrière lui et procède à l'examen de l'adolescent. Celui-ci se sent coupé en deux à la taille et ses membres inférieurs sont ceux d'une poupée de son. Il présume que c'est grave mais, sait-on jamais, parfois l'électricité se coupe puis repart. La mine du praticien ne lui laisse pas beaucoup d'espoir. Accablé par la gravité de ce qu'il voit, il appelle un confrère, puis un médecin hospitalier de sa connaissance qui confirme ce qu'il n'osait formuler. Il faut l'emmener d'urgence à l'hôpital, mais le diagnostic est déjà certain. Le virus de la poliomyélite s'est insinué en lui, venant de l'eau, l'eau souillée d'un puits ou d'un ruisseau où il a bu dernièrement, croyant sa pureté égale à sa fraîcheur. Mais la question n'est pas de savoir d'où vient ce virus. Il est là, et la maladie ne va pas régresser. Va-t-elle progresser ? Le médecin n'en sait rien. Il s'agite, dégote un véhicule qui fait à l'occasion office de corbillard pour transporter l'adolescent à la ville. Les détails matériels permettent heureusement d'éviter de penser ou de parler de l'essentiel. Le praticien redoute d'affronter la mère de son malade. Elle est toujours dans la salle d'attente, debout, le nez contre le mur, entre prière et cauchemar. Elle ne sait toujours rien de ce qui s'est passé, elle croit peut-être que son fils a été blessé par les Allemands, mais elle a entendu à travers la cloison qu'il pouvait parler, c'est le plus important.

Le médecin n'est pas seulement un puits de science. Il a soigné les maladies vénériennes que les marins ont ramenées de ports lointains, et toutes sortes de maladies tropicales, la malaria, la dengue, les amibes. Il en sait long sur les uns et les autres, sur leurs histoires et sur leurs faiblesses. De cette femme qui sert au bar du village, distante, silencieuse et austère comme une fonctionnaire du cadastre, il connaît tout : sa solitude, son mari retenu de l'autre côté de l'Atlantique, son impécuniosité et tout le bien que l'instituteur pense de ses enfants qu'il a accompagnés dans leurs premières années d'études. C'est une femme respectable. Faut-il tout lui dire à ce stade, ou lui laisser découvrir progressivement l'inexorable ? Si quelqu'un doit porter la mauvaise nouvelle, c'est lui, et personne d'autre. Il a établi le diagnostic et il entend l'assumer.

Quand il ouvre la porte, elle se retourne lentement, et il est frappé par son regard absent. L'inquiétude semble passée, vaincue par l'accablement et la fatigue d'une nuit sans sommeil. Elle pose les yeux sur le sol, prête à entendre la sentence qui vient. La conversation dure un peu mais il n'en reste que l'essentiel, un virus a foudroyé les jambes de son fils aîné et il y a peu de chances qu'il en retrouve un jour l'usage. Assommée, elle s'assied sur une chaise et regarde par la fenêtre le soleil qui se faufile entre les nuages et l'église. Dieu n'a pas entendu ses prières. Le docteur essaye de la consoler en lui décrivant des cas plus graves. Il arrive que les patients atteints de la polio soient entièrement paralysés et que seul leur cerveau fonctionne, un respirateur les maintenant en vie. Mais on ne peut pas demander à une mère de se réjouir que son fils ait échappé à cela. Elle se relève et le rejoint dans le cabinet. Immobile, il s'est rendormi. Elle ne s'est jamais autorisée à le trouver beau mais, à cet instant, elle est frappée par l'harmonie de ses traits d'acteur américain. Ses jambes ne disent rien de la maladie qui les a emportées. Les angoisses de Marguerite s'évanouissent. Le pire est arrivé. Elle en est presque soulagée. Comment le sort pourrait-il s'acharner davantage sur elle et sur les siens ? Elle se demande si cette crainte sourde et acide qui lui tenaillait le ventre depuis des mois n'a pas convaincu le mauvais sort de les choisir. Elle voudrait pouvoir annoncer la mauvaise nouvelle à son mari, en partager avec lui le fardeau. En attendant la voiture qui va les emmener à l'hôpital, elle va prévenir sa mère. « Il va bien falloir l'accepter. » La vieille femme, résignée, comme nombre d'épouses de marins, à la supériorité des éléments sur d'infimes destins, n'en dit pas plus. Il faudra prier et se résoudre à cette forme de grandeur qu'est l'abnégation sans plainte. Il ne faudra pas donner au malheur plus d'importance qu'il n'en a, semble-t-elle dire. Elle va veiller sur les deux plus jeunes le temps de l'absence de Marguerite.

Le virus l'a épuisé, il émerge, puis sombre, émerge de nouveau, mais jamais assez pour soutenir une conversation. Quand il ouvre les yeux, c'est sur le visage de sa mère affichant la sévérité des gens qui ne veulent rien laisser paraître. L'accompagnerait-elle en prison, qu'elle n'aurait pas moins de complaisance. Son aîné, par son braconnage et ses travaux, lui apportait juste ce qui était nécessaire pour ne pas déchoir. Le pourvoyeur de précieux revenus devient subitement une charge énorme. Il ne remarchera jamais, la chose est entendue, mais que sera-t-il capable de faire ? Le docteur a jugé qu'il était trop tôt pour le dire. Elle se voit en sainte, poussant son garçon dans une chaise roulante, le poser dehors, dans la petite cour, comme une plante au soleil, le couvrir à la première fraîcheur. Elle ne s'en sortira jamais. Un jour sa mère disparaîtra à son tour. Son mari, s'il ne refait pas sa vie, périra dans l'océan, comme tant de marins avant lui qui n'avaient pas besoin d'une guerre pour cela. Elle se demande à quel moment elle a offensé Dieu. Quand on fait des enfants, pourquoi n'y réfléchit-on pas à deux fois, entraînés que nous sommes par le désir de faire perdurer notre tribu et par l'espoir que, quand nos forces viendront à faiblir, nos enfants seront là pour nous ? Qui s'occupera de lui quand elle-même disparaîtra ? L'ordre naturel des choses est irrévocablement perturbé. La route est encore longue, et ainsi vont ses pensées dans la voiture ballottée sur la chaussée accidentée.

Il ne lui servirait sans doute à rien d'apprendre que les premières traces de la polio ont été trouvées par des égyptologues anglais sur un squelette datant de trois mille quatre cents ans avant Jésus-Christ. L'épidémie a battu son plein au cours de la première moitié du XXᵉ siècle, s'attaquant successivement aux enfants, aux adolescents puis, après la guerre, aux adultes. Ce que Marguerite ne sait pas non plus, heureusement, c'est que, dans l'immense majorité des cas, le virus se dirige vers le système nerveux central de sa victime mais s'arrête avant de l'atteindre et n'engendre aucun symptôme, tout au plus ceux d'une grippe saisonnière. Seul un malade sur cent est atteint de cette paralysie qui s'étend des membres inférieurs aux muscles du corps entier, puis aux organes vitaux comme les poumons.

Son aîné ne dit toujours rien, il accompagne son corps qui lutte. La fièvre toujours présente brouille ses pensées, on ne peut à la fois résister au présent et prévoir l'avenir. Il lui faudra encore quelques jours pour comprendre que ses vastes rêves ont été rendus obsolètes par une particule infime qui a colonisé son organisme en vue de l'anéantir. La force du diable n'est pas seulement, comme le disait Baudelaire, de faire croire qu'il n'existe pas, mais aussi de rendre ses agents invisibles.

L'hôpital le rassure, car tel est l'effet de ces cathédrales de la santé sur les grands malades. Il ne s'agit pourtant que d'une chapelle de quartier dans une ville de peu d'importance. Mais l'homme qui l'ausculte a sa réputation, qui dépasse l'enceinte de la cité. Et puis c'est un cousin. Un cousin à la mode de Bretagne, certes, mais un cousin tout de même. Il tutoie sa mère, c'est dire. Il est connu pour ses positions tranchées, mais aussi pour ses erreurs. S'il ne reconnaît jamais publiquement s'être trompé, il sait malgré tout orienter les malades vers des collègues plus aguerris ou plus spécialisés que lui. Il n'a foi que dans l'action, et la sienne consiste à trouver le médecin idoine.

Identifier de façon incontestable le bon spécialiste prend un peu de temps. Il le trouve à Paris. Il faut maintenant l'atteindre. Ensuite, il faudra le convaincre de s'intéresser à ce petit Breton privé de ses jambes. Sans un fort intérêt de sa part, rien ne pourra être organisé pour le conduire à la capitale.

Au village, la nouvelle de la maladie de l'adolescent

s'est propagée jusqu'au château, où on le connaît, sans doute pour des petits travaux qu'il est venu y réaliser en été. Le châtelain est un homme discret. On le dit grand musicien, il occuperait des fonctions importantes à Paris au Conservatoire national et, lors de ses séjours dans la capitale, il fréquenterait de grands noms comme Ravel, Debussy, Fauré. Mais pas seulement. Cette haute société n'en finit pas de jeter des ponts entre ses membres, musiciens mais aussi avocats, médecins, dont certains sont de grands mélomanes. À leur niveau, les rivalités se taisent et des amitiés se nouent parfois. Conscients d'avoir été comblés par la naissance ou par leurs capacités intellectuelles, il n'est pas rare que certains d'entre eux en viennent à rendre un peu ou beaucoup de ce qui leur a été donné. Le châtelain a cette qualité qui fait défaut à tant de parvenus. D'ailleurs, il n'est pas fortuné, mais suffisamment aisé pour vivre dans un certain confort, ce qui est différent du luxe, qui résulte du vol organisé par une société jugeant que l'amère satisfaction des très riches vaut bien le long malheur des pauvres.

Le médecin du village a mis en relation le médecin cousin et le compositeur, qu'il soigne à l'occasion des petites misères du quotidien. Il n'a pas fallu plus d'une journée à l'artiste respecté pour convaincre le spécialiste parisien de garder une place dans son service pour l'adolescent. Les deux hommes ne se connaissent pas mais ont des amis et des valeurs communes.

La période n'est pas simple. Les injonctions de l'autorité occupante s'expriment à travers une administration française nouvelle qui obéit à une figure de l'armée, un maréchal érotomane ancré dans le souvenir des Français comme le héros de Verdun. Cette figure paternelle et sa cohorte de serviteurs zélés s'appliquent à créer le nouvel ordre voulu par les Allemands, dont sont exclus les juifs, les francs-maçons et les malades mentaux.

Avant la guerre, les Allemands ont expérimenté sur ces derniers, dans leur propre pays, les différentes techniques d'extermination dont la mise au point conduira aux chambres à gaz. Les motifs invoqués pour cette action criminelle d'envergure sont l'inutilité des malades et l'impossibilité pour le Reich de nourrir des bouches inutiles. Par cet acharnement, les dirigeants allemands s'évertuent à briser l'image que leur renvoie le miroir et, d'une certaine façon, à faire rentrer la folie, la leur, exclusive de toute autre, dans le champ de la normalité.

La meilleure façon de se débarrasser de bouches inutiles est de les faire mourir de faim, méthode qui commence à se répandre dans les hôpitaux et services psychiatriques français. La lente agonie des malades mentaux préfigure-t-elle celle des handicapés physiques, autre inutilité sociale du nouveau monde qui se répand sur l'Europe ?

Si l'adolescent n'en a aucune conscience, le professeur qui l'accueille dans son service à l'hôpital des Enfants malades ne peut pas, lui, ne pas y avoir pensé. Il est épargné par les discriminations, n'étant ni juif ni franc-maçon, mais ses malades le seront-ils ? L'encadrement hospitalier s'est clairsemé depuis l'automne, pour obéir aux occupants, bien sûr, mais plus encore pour satisfaire ce sentiment profondément ancré contre un peuple dont on a fait une race afin de bien le définir. Plusieurs services ont été décapités de leurs médecins juifs sans l'ombre d'une réaction de la part de ceux qui restent. Pourtant le professeur sait que le mal qui s'est propagé dans le pays ne sera pas vaincu par une réponse immédiate, désespérée et confuse. Seul le temps peut conduire aux bons choix et aux bonnes méthodes. Et ce temps n'est pas venu pour lui. Pour le moment, il se concentre sur ses malades.

Le destin d'un adolescent paralysé n'est pas simple dans une société normale, mais celle qui s'annonce promet en outre d'ajouter le mépris à ses souffrances.

Le professeur a dû penser cela souvent en regardant le garçon qu'une ambulance de fortune lui a amené des Côtes-du-Nord, une région qu'il connaît à peine. Deux jours de voyage, dont une grande partie consacrée à chercher de l'essence, qui ont semblé une éternité.

À l'arrivée, on le fait rouler dans une salle commune où il n'est séparé des autres que par un rideau. Le rideau, tiré, ne laisse apparaître que le coin d'une grande fenêtre donnant sur un bout de ciel d'un gris lugubre et quelques larges feuilles d'un platane. Rompu, il dort. Au cours de ses longues plages de sommeil, que ponctuent de courtes périodes de veille dans un état comateux, lui reviennent sans cesse les mêmes images.

Avant que la maladie ne déjoue ses plans, on lui avait proposé un emploi bien payé, tous les samedis matin, le lendemain de son retour hebdomadaire de l'internat.

Cette proposition, qui permettait de mettre un terme au braconnage et aux petits boulots aléatoires, lui plaisait. D'autant que le lieu de travail était proche, et il pouvait y aller à pied sans emprunter une bicyclette qu'il n'avait pas les moyens de se payer.

Il s'était rendu la veille de son attaque de paralysie à l'abattoir. Deux personnes suffisaient à le faire tourner. Le piqueur poussait les bêtes dans un couloir de la mort en ciment, suffisamment étroit pour qu'elles ne puissent pas se retourner. Lui, on lui demandait de se tenir debout en hauteur, un pied reposant sur chaque mur du couloir, de sorte que la bête se place au-dessous de lui, entre ses jambes. Il devait alors soulever une masse semblable à celles employées pour planter des piquets de clôture, et la faire s'abattre sur le haut du crâne de l'animal, qui tombait foudroyé si l'on ne ratait pas son coup. Il était ensuite dépecé par le boucher, qu'on devait aider à rassembler les viscères et à porter les quartiers de viande. L'abattoir ne fonctionnait pas que pour le village, c'était là qu'on tuait les bêtes de toute la campagne alentour mais, la guerre ayant largement réduit son activité, une seule matinée d'abattage suffisait. Les images de ces animaux qui s'effondrent sur eux-mêmes se fondent dans ses rêves chaque fois qu'il s'endort.

Lorsqu'il paraît pour sa première visite, le professeur est accompagné d'un aréopage d'internes et d'infirmières qu'il congédie pour rester seul avec l'adolescent. Dans un premier temps, il ne fait que le fixer en souriant, comme un prêtre qui accueille un nouveau venu à la foi sur le perron d'une église, longuement, avant de lui serrer la main vigoureusement. Puis il lui demande de raconter précisément comment la paralysie l'a pris, à quel moment il en a ressenti les symptômes, quelle eau il a bue les jours précédents. Il s'est assis sur le bord du lit pour l'écouter. La narration des faits terminée, il enterre le passé d'un geste de la main et propose d'évoquer l'avenir, l'avenir que l'adolescent a imaginé, celui auquel il se raccroche désormais. Il lui répond qu'il n'a jamais eu d'autre perspective que de naviguer, de réussir ses études pour devenir capitaine au long cours, de croiser sur toutes les mers du monde... Le professeur l'interrompt pour sceller un pacte qui va conditionner leur relation, car, précise-t-il, ils vont se fréquenter pendant plusieurs années, et il est important de commencer cette coopération sur des bases claires. Il ne lui mentira jamais sur rien et ne lui promettra jamais rien qu'il ne puisse tenir. Le jeune homme sait qu'il lui faut baisser le regard, se détourner de la ligne d'horizon. Le médecin retire alors le drap qui recouvre ses jambes mortes, l'ausculte minutieusement, sonde ses nerfs délicatement, teste ses réflexes, lui prédit de nombreux examens à venir puis s'assied de nouveau pour lui dire que le pire est passé. Il choisit à cet effet l'image d'une grande vague submergeant des habitations lors d'une tempête. Quand la mer se retire, les dommages sont là, et n'est reconstruit que ce qui peut l'être. Il ne retrouvera jamais l'usage de ses deux jambes, mais le professeur fera tout ce qui est en son pouvoir pour essayer d'en soigner une. Cela demandera plusieurs opérations de la moelle épinière, des opérations douloureuses, qui ne sont pas sans danger. Il est le seul à les pratiquer. Récupérer une jambe ferait de lui un homme debout, alors qu'en l'état la maladie le condamne à vivre au mieux assis.

À l'espoir se mêle la déception.

Les enfants changent souvent de projet pour leur vie, mais pas lui. Dès le plus jeune âge, il s'est vu capitaine de bateau, sillonnant les mers du monde, défiant le cap Horn et les quarantièmes rugissants. Il s'est déjà préparé à vivre seul, à s'éviter les contraintes d'une famille, dont son père lui-même a fini par s'affranchir. Il ne parvient pas à lui en vouloir, mieux, il le comprend et, du fond de son lit de douleur, une étrange complicité se crée avec lui. Comment lui reprocher d'avoir choisi le vertige des mers et l'excitation des ports comme il se les imagine ? Son père se plaisait à raconter ses débuts sur une goélette armée en mer d'Islande. Il y avait été embarqué comme mousse et, puisqu'il ne savait rien faire, on lui avait assigné la tâche d'éponger le vomi de l'équipage quand lui-même n'était pas malade. Mais lui ne veut pas de ces aventures d'un autre temps, il s'imagine entrer dans la marine moderne par la grande porte, celle des diplômes qui vous classent d'entrée parmi les officiers, ce que ne sera jamais son père. Cependant, hormis dans les histoires de pirates, on n'a jamais entendu parler d'un officier de marine unijambiste ou en chaise roulante. Il laisse son rêve s'éloigner et disparaître dans l'horizon confiné de sa chambre.

La Bretagne est désormais lointaine et Paris se soustrait à son regard. L'angoisse qui monte est étrangère à sa réclusion. Il n'ose en parler à personne. Surtout pas aux soignantes dévouées qui l'ont pris en amitié. Ni au professeur, avec qui il n'a jamais retrouvé l'intimité de la première fois. Non qu'il ait pris de la distance, mais il est toujours accompagné de soignants intrigués par cette maladie et ses manifestations sournoises. La question qu'il se pose l'obsède : sera-t-il jamais capable d'amour physique ? Le professeur a évoqué la reconstruction partielle de sa mobilité sans jamais lui en donner la certitude.

Il évite d'échafauder des plans. Son avenir intéresse le professeur, qui est revenu s'asseoir au bord de son lit pour lui parler de l'opération, lui expliquer la façon dont il allait procéder. Il le traite en adulte et le complimente.

L'adolescent lui pose toujours des questions pertinentes. Il croit déjà à la science comme vecteur absolu du progrès humain. On lui a expédié tous ses livres de classe et il étudie par lui-même en attendant l'opération. Il se passionne pour les problèmes, les équations et, quand il ne trouve plus la force de s'y confronter, il s'attelle à la littérature, les grands classiques de la bibliothèque de l'hôpital, Balzac qui l'entraîne, Victor Hugo qui lui en impose, et Zola qui ose.

On l'installe seul dans une chambre étroite et biscornue, pour lui éviter la vue déprimante de son jeune voisin paralysé jusqu'à la tête. Jusqu'à quel point cela vaut-il la peine de vivre ?

Il s'inquiète de la façon dont sa mère s'en sort sans lui, sans son aide, sans son soutien. Les lettres qu'elle lui écrit ressemblent à celles d'une tante éloignée en cure dans une station thermale. Elle ne laisse rien transparaître de son angoisse, elle n'a pas les mots pour le faire. De vraies nouvelles, il en a de l'instituteur. Lui dit que sa mère n'a rien de trop mais ne manque de rien, ni son jeune frère, ni sa plus jeune sœur. Ils sont toujours sans nouvelles de son père.

Le professeur, une fois par semaine, vient le voir seul, en début de soirée. Il donne le sentiment d'être un homme absorbé par son sacerdoce, éloigné de la férocité du monde. La force de la civilisation est de nous faire croire meilleurs que nous ne le sommes en réalité et, face à l'effondrement de cette civilisation et au spectacle d'une humanité libérant ses pires démons, le professeur semblait particulièrement affligé. Il s'appliquait à faire le bien comme si la pure bonté était la seule réponse à la complexité du mal.

L'adolescent ne sait toujours rien de la ville alentour, il n'a même jamais visité les monuments qui font sa gloire et l'admiration de l'envahisseur.

Aux Enfants malades, il fait partie des plus âgés et le professeur aime sa conversation. Il faut un œil extérieur pour comprendre à quel point le médecin a à cœur de lui rendre « les jambes qui vont avec ses capacités intellectuelles », comme il a eu l'occasion de le confier à la surveillante d'étage, attendrie par la dévotion du grand homme à ce « petit prolo », comme le jeune homme se définira lui-même plus tard.

Mais s'attacher à un de ses patients n'est pas forcément une bonne chose pour le médecin à la veille des opérations successives qu'il va mener. Les sentiments ajoutent à la pression et, alors que la date de la première intervention approche, le médecin s'éloigne, comme s'il prenait du recul pour mieux s'élancer.

Il va d'abord essayer de sauver ce qui peut l'être, c'est-à-dire, au mieux, une jambe. Puis travailler à faire que son patient puisse s'appuyer sur celle qui reste paralysée, et que, sans force musculaire, elle résiste à l'usure des sollicitations quotidiennes. C'est un vaste chantier, il n'imagine pas le refermer avant trois ans et plusieurs interventions douloureuses.

Quand il lui annonce son plan de bataille, le professeur assure à l'adolescent qu'entre ces différentes opérations il pourra étudier normalement, et même assez vite se déplacer pour suivre les cours au lycée. Parfois, il lui faudra rester plus longuement à l'hôpital, mais il a pris les dispositions nécessaires pour que son enseignement se poursuive.

Le médecin lui cache l'enjeu de la première opération de la moelle épinière, dont la moindre section accidentelle conduirait à la paralysie générale, ou à la mort. C'est sans doute parce qu'il se prépare psychologiquement à une telle éventualité qu'il s'est éloigné au cours des dernières semaines, au point que l'adolescent se demande s'il ne l'a pas froissé. Personne d'autre que lui en France n'ose ce qu'il ose, et il ne le fait que devant l'absolue nécessité de rendre à cet enfant sa liberté. Si tout se passe bien, il pourra peut-être marcher sans béquilles et s'appuyer sur sa jambe dévitalisée sans recourir à un appareil complexe. L'adolescent a évidemment rêvé de retrouver ses deux jambes, de marcher comme avant, de courir, de sauter, mais rien de tout cela ne reviendra. Il lui faudra accepter le regard des autres. Attendre et apprendre. Ces deux verbes vont rythmer ses prochains mois. La chambre individuelle a amélioré sa condition avant tout grâce à sa fenêtre ouvrant sur une rue dont il ignore le nom, qui a rétabli un contact avec le temps qu'il fait et les saisons.

Sans doute parce que son futur en dépend, il s'éprend

de la science, éperdument. Mathématiques, physique, chimie, sciences naturelles, il lit, étudie, calcule bien au-delà de ce que prévoit son programme scolaire sur lequel il prend de l'avance. L'inaction n'est pas dans sa nature et il craint que la moindre vacation de son esprit ne l'emmène sur les chemins de la mélancolie et d'un apitoiement sur lui-même qu'il ne veut déjà s'accorder à aucun prix.

Il se fixe des objectifs raisonnables, comme celui de faire les prochaines moissons en août. Il échafaude déjà des plans pour se rendre utile, si ce n'est incontournable, dans le processus de chargement des bottes de paille. Ses préoccupations sont déjà celles d'un adulte. Il est vrai qu'à l'hôpital des Enfants malades, l'enfance et son monde enchanté ne durent pas. Rares sont les constructions artificielles qui résistent à la souffrance et à la proximité du néant. Pour les enfants le plus gravement menacés, par un phénomène troublant, l'âge ne se mesure plus à partir de la naissance, mais en comptant le temps qui sépare de la mort et, plus le terme est proche, plus ils gagnent en lucidité.

Il prie. Il prie un Dieu qui serait la résolution d'une équation avec un nombre infini d'inconnues. Il prie l'ami imaginaire de l'aider dans son épreuve.

Il suit depuis l'enfance tous les rites d'une Église catholique enracinée au plus profond des croyances de sa mère. Il est donc par filiation adepte du plus grand que soi. Il pratique assidûment, se confesse, assiste à la messe. Il est entré dans l'adolescence sans révolte. Contester l'autorité d'un père absent n'aurait servi à rien. La messe dominicale rassemblait sa famille, proche et lointaine, et tous ceux qu'il croisait au long de la semaine. Les envies, les jalousies et la petitesse ordinaire s'effaçaient un court moment devant la grandeur de l'Église. L'illusion que toutes les actions de la petite communauté étaient orientées vers le bien dans un élan commun durait le temps du service, mais c'était assez pour retrouver un peu de foi dans les autres. Dieu l'accompagne depuis sa naissance et ce n'est pas maintenant, alors qu'il emprunte lui-même le chemin de croix, que l'adolescent va l'abandonner.

Il ne s'en détournera que bien plus tard. Il rejoindra le combat de la laïcité contre une Église calcifiée par des siècles d'allégeance aux puissants, épuisée par la perte de sa spiritualité. Mais il en est encore loin.

Il prie matin et soir, assis dans son lit, les mains jointes, la tête baissée sur son torse. Il lit parfois des passages du Nouveau Testament, s'emplit du personnage du Christ. Il voit en lui le messager de l'ordre idéal du monde, mais il doute de l'Immaculée Conception de Marie, dont la statue à l'enfant orne tant de maisons de son village. Il referme la Bible apaisé et renforcé par son adhésion à la foi.

Entre l'hiver et l'été suivant, les opérations se succèdent. Elles prennent fin alors que les premières chaleurs s'insinuent dans la chambre. Le monde extérieur, au-delà de la fenêtre entrouverte pour laisser filer les odeurs pesantes des soins, lui renvoie les bruits de la rue, des quelques voitures qui circulent, de quelques cris d'enfants. Il ne connaît rien de la vie des Parisiens soumis à une puissance étrangère. Les deux précédentes occupations, bien plus courtes, avaient conclu les expériences de l'Empire. Il lit *La Débâcle* de Zola, sans savoir à quel point celle-ci préfigurait celle de 40. Quel drôle de pays que le nôtre, qui a déclaré la guerre pour venir se blottir derrière une ligne imaginaire pendant que les Polonais se faisaient massacrer.

Quelques jours avant qu'il ne sorte des brumes de sa dernière opération, Hitler a envahi l'Union soviétique, une initiative vertigineuse qui lui sera fatale. Il entend la nouvelle sans en comprendre les conséquences.

Les progrès sont là. Sa jambe droite renaît de sa torpeur. La gauche, elle, s'atrophie. Inexorablement ses chairs sont aspirées par la paralysie et il n'en reste que des os saillants comme ceux d'un squelette. De plus, il lui faut désormais vivre avec un trou dans le dos, le centre névralgique de tous les ajustements, par lequel le chirurgien est venu tirer des fils magiques. Mais la satisfaction finit par dominer. L'essentiel est accompli. Il reste à attendre que la jambe perdue trouve sa forme définitive, sans plus aucun muscle, pour l'adapter à la marche.

Une paire de béquilles hautes est arrivée, et elles sont posées, droites, au bout de son lit. On les place sous les aisselles. Sa jambe valide n'a pas encore la force de le porter complètement alors il apprend à avancer en balançant la masse partiellement inerte de ses membres inférieurs.

Lorsqu'il retrouve la station debout, d'abord pour de courtes escapades autour de sa chambre, tout réapparaît chez lui : le sentiment de la dignité, l'enthousiasme et l'appétit de vivre. Il parcourt bientôt des longueurs de couloirs jusqu'à l'épuisement.

Il ne sait d'où l'argent est venu mais c'est assez pour lui assurer le retour au pays. Le train jusqu'à la ville, puis le car jusqu'au village. Il en descend fièrement, son sac en bandoulière, en jetant la pointe de ses béquilles au bas des marches et en se propulsant d'un seul coup de rein. Puis il traverse le village, les connaissances viennent à lui, heureuses et gênées. Il ne fait pas parade de son handicap, il l'ignore au contraire, il a à cœur de démontrer que rien ne lui est impossible. Il veut que son handicap soit la dernière chose que l'on voie de lui, et qu'on l'oublie immédiatement.

Sa mère est avec lui comme s'ils s'étaient quittés d'hier. Elle lui demande s'il ne souffre pas mais voit à son regard qu'il préfère parler d'autre chose. Non, elle n'a pas de nouvelles de son père et c'est bien normal, comment pourrait-il en donner ? La famille ne manque de rien, mais il n'en faudrait pas beaucoup pour qu'elle sombre dans la misère, cette misère tant redoutée, bien différente de la pauvreté dans laquelle ils vivent sans bruit et sans larmes depuis toujours. Il annonce qu'il pourra bientôt marcher, ou plutôt chalouper, sans béquilles. Ses frère et sœur, revenus d'on ne sait où, sont devant lui. Sa sœur l'attendrit. Mais il jette sur son frère un regard amer. Dans leur ambition commune à commander un bateau, il se sentait un droit d'aînesse dont il est à présent déchu, et il en ressent une profonde jalousie. Son frère sera celui qu'il n'a pas pu être.

Sitôt arrivé, il fait le tour de potentiels employeurs. Il sait que le travail ne manque pas en cette période de l'année. Il renonce à l'abattoir : tenir debout jambes écartées, deux béquilles sous les aisselles et une masse en main, il s'en sent capable, mais on ne l'y autorise pas. Depuis son lit d'hôpital, il pensait aux travaux de ferme. Il va hisser les bottes de paille sur les remorques à la seule force de ses bras. À son cousin dubitatif, et qui n'a pas les moyens d'un emploi de complaisance, il fait la démonstration. Ses épaules étaient déjà puissantes mais, depuis que ses bras ont remplacé ses jambes, elles impressionnent. Il en sera ainsi, il servira d'élévateur. Il est nourri, ce qui n'est pas rien, et pour le reste payé en nature, vivres et bouteilles soustraits aux Allemands. À cette période de l'été, l'Allemagne est encore conquérante, mais les erreurs de stratégie et l'hiver vont s'allier pour l'enfoncer dans un vaste bourbier enneigé et glacial. Si les Allemands gagnent toujours sur le front de l'Est, ils y meurent déjà beaucoup. La Résistance est encore un peu timide : l'appel du 18 juin est passé inaperçu pour nombre de Français, sauf en Bretagne où beaucoup de pêcheurs ont rejoint les Forces françaises libres. Elle se gonfle soudainement du flot des communistes qui commencent à se structurer en réponse à l'agression de l'URSS. Les actions se multiplient, changeant le regard des soldats allemands sur ce peuple qu'ils ont vaincu facilement et qui s'est soumis jusqu'ici à leur occupation et à leur idéologie avec une servilité surprenante.

À l'adolescent de bientôt seize ans, épuisé au fond de lui-même par sa lutte contre le virus, la résistance aux Allemands n'évoque pas grand-chose, sinon l'espoir secret que son père fasse partie de ces marins français qui rejoignent la France libre, comme les pêcheurs de l'île de Sein, et bien d'autres Bretons qui, de l'autre côté de la Manche, constituent désormais le plus gros des volontaires de De Gaulle. Mais rien ne l'indique, il est peut-être tout simplement parti, profitant de circonstances exceptionnelles pour disparaître. Le cas n'est pas rare de ces hommes qui, à la faveur d'évènements dramatiques, s'éclipsent discrètement. Mais pourquoi l'aurait-il fait, pourquoi aurait-il subitement renoncé à son honneur, capitulé devant ses responsabilités ? Il préfère ne pas y penser. Résister le démange, pour aller chercher dans l'action cette gloire que le souvenir de son père lui refuse pour le moment. Il en rit seul, il n'a pas le physique de l'emploi. Pourrait-il en faire un atout ? Jamais les Allemands ne soupçonneraient un handicapé. Il veut servir, mais c'est encore trop tôt.

Les traits bretons, deux bestiaux frisant chacun la tonne, apportent la paille, que l'on entasse devant la charrette.

On dépose les bottes sur sa fourche. Lui, assis, les lève, et un jeune posté en haut les répartit sur la charrette. Son travail terminé, il se met en route, pas loin de mille mètres à parcourir le long de la route qui descend à la mer, avant de prendre un raccourci dans la lande. Une distance s'est installée avec ses copains, la maladie et l'éloignement l'ont mûri prématurément. Eux racontent des histoires de filles, lui s'interdit d'y penser. Qu'elles soient racontées en breton les rend pittoresques mais pas moins crues. Le temps qu'il ne consacre pas à la subsistance, il se le réserve. Arrivé à la plage, il s'assure d'y être seul. Quelques mouettes rieuses l'observent du haut de rochers saillants avant de prendre leur envol et de se laisser porter par le vent. Il lâche ses béquilles, s'assied et fait glisser ses vêtements pour ne garder qu'un maillot de bain ample. Il n'a jamais évoqué la question de la baignade avec son médecin, probablement parce qu'il n'imaginait pas qu'elle se poserait un jour. Cette fois, il veut se baigner seul, mais bientôt il le fera avec les autres. Il est venu jusqu'ici pour trouver cette sensation d'apesanteur qu'il recherchera toute son existence, sous toutes les latitudes. Il a repris ses béquilles pour s'enfoncer dans l'eau dont la froideur ne parvient pas à effacer son exaltation. Quand la mer commence à le porter, il les jette sur le sec. Puis la magie opère, son handicap s'efface progressivement avant de disparaître. Il prend la direction du large, emmené par le mouvement régulier de ses bras. Sa respiration maîtrisée lui permet d'évoluer dans cette eau glaciale où personne ne tiendrait plus de quelques minutes. Parfois il s'arrête en pleine mer, se retourne, regarde ses jambes portées en surface et s'immobilise, en croix, sur le dos. Cette croix ne sera plus celle de son calvaire, mais celle de sa résurrection. Il laisse à d'autres le rôle de martyrs. Il appartient au monde marin, désormais, à tous ces animaux si gauches sur le sol qui retrouvent toute leur grâce dans l'eau. Il sait qu'il ne commandera jamais un bateau, mais la mer offrira toujours de soulager son handicap. Une fois revenu sur la plage, il se hisse sur le sable en rampant.

Les moissons se poursuivent et avec elles ces conversations à la volée entre jeunes qui se connaissent depuis la naissance. Il est devenu le moins mobile d'entre eux mais également le plus fort. Il est aussi celui qui réussit le mieux : c'est un lycée parisien qui l'attend pour la rentrée. Il ne viendrait cependant à personne l'idée de le jalouser. Alors que sa dix-septième année a commencé début août, il a déjà l'autorité naturelle d'un adulte. Rien dans son attitude, dans son comportement, n'inspire la pitié et, dès que quelqu'un s'apitoie sur lui, il tourne les talons dans un mouvement rotatif des béquilles spectaculaire. Tel un gymnaste sur un cheval d'arçons, il exécute ses figures avec aisance. En équilibre sur les pointes de ses jambes d'appoint, il toise les autres, s'emploie à leur démontrer que son handicap s'est transformé en virtuosité. Mais quand il est seul, il en va autrement. Il mesure les souffrances à venir, il craint les allers-retours entre l'hôpital et l'internat qui l'attendent dès septembre.

Quand ses amis bretons le questionnaient sur Paris, il n'avait rien à en dire, il n'en avait vu, depuis son lit, qu'une rue, et la haute façade autrefois blanche qui la bordait, sans rien savoir de ce qu'elle dissimulait. Des Parisiens, il ne connaît que l'élite, la crème, un professeur de médecine, des internes, des infirmières dévouées, une humanité rare et exemplaire. Contrairement à ses nouveaux camarades de lycée.

Il y a les besogneux qui ne lèvent pas la tête, le dandy qui se verrait bien témoigner sur sa vie avant même de l'avoir vécue, les gars pleins de facilités et de décontraction, affables et rigolards, les conformistes qui ne vivent que pour réitérer indéfiniment la même position sociale, les politiques pénétrés d'une idéologie confortable leur évitant de penser, les « entendus » dont on doit comprendre que les études servent de couverture à leurs activités de résistance, et puis il y en a un, Bastien, qui ne dit rien, qui ne paye pas de mine, un passe-partout qui ne se mélange pas vraiment, qui rit des blagues des autres à retardement, comme si autre chose l'absorbait.

Ils s'installent naturellement l'un à côté de l'autre, le passe-muraille et le phare breton dont le handicap attire tous les regards. Une complicité se crée. Ils ne se posent jamais de questions, ils s'aident. Son ami, externe, devient rapidement l'agent de liaison entre le lycée et l'hôpital. Au sortir du billard, dans un nuage de brume d'anesthésie, c'est le visage de son copain qui se découpe, celui d'un adolescent qui n'a pas eu le temps de l'être. Ses yeux cernés mentent sur son âge. Il sort de son cartable des cahiers d'exercices, un mot des professeurs, une friandise dégotée au marché noir qu'il pose sur la table de nuit sans commentaire, et il reste, sans rien dire, juste pour lui tenir compagnie, l'air fatigué, comme s'il luttait lui aussi contre le sommeil.

Parce que l'opération touche leur racine, le réveil des nerfs est insupportable. La morphine qu'on administre pour les calmer lui donne la nausée et provoque des vomissements qu'il préfère affronter seul.

Bastien se lève et va s'asseoir dans le couloir, où les infirmières le retrouvent souvent endormi. Ce sont elles, parfois, qui le congédient quand l'heure des visites est passée.

En classe, ils sont inséparables. Ils forment désormais un couple fondé sur le silence. Les professeurs considèrent avec bienveillance ces deux élèves placés toujours au même endroit, au troisième rang de la rangée de gauche, où personne d'autre ne prendrait le risque de s'installer. Il n'y a pas vraiment de gosses de riches dans cette classe, plutôt les enfants d'une bourgeoisie parisienne rassurée par ses habitudes, discrète en ces temps de collaboration.

Bastien a peut-être l'air si vieux parce qu'il est déjà plus proche de la mort que de la naissance.

Le cours de physique a commencé depuis un quart d'heure. Le proviseur entre sans frapper, suivi de deux Allemands.

Les ordres concernent Bastien, qui s'est levé avant même que son nom soit prononcé. Pour tout adieu, il presse l'épaule de son ami. Puis il sort, déterminé, car il sait très bien où il va.

Cette fin était déjà contenue dans le premier regard qu'ils avaient échangé. La fin d'un combat qui avait forgé ses cernes, nuit après nuit, dans la préparation méthodique d'actions « terroristes ». Il ne réapparaîtra plus et la classe apprendra plus tard que, après avoir été brièvement torturé, il a été fusillé avec d'autres jeunes dont le plus âgé avait vingt et un ans.

L'exécution de Bastien fait souffler sur la classe un vent de modestie. Fini les parades, les affabulations, les forfanteries, en mourant il les fait entrer de plain-pied dans l'âge adulte.

Chacun revient à ses problèmes, à ses équations. Lui se passionne pour la physique et la chimie. Il en voit les applications pratiques, les développements, tout ce qui peut aider l'homme à progresser, à s'émanciper et à s'élever.

Mais à cette époque la science est tout entière mobilisée pour donner aux hommes les moyens de s'exterminer plus vite et plus fort. Il ne peut évidemment pas savoir que certains Allemands, qui avaient probablement le même appétit pour la science à son âge, travaillent à une formule chimique qui rendrait plus fluide l'extermination de masse.

Tuer, dissimuler, la science s'y applique dans le silence religieux des locaux d'entreprises allemandes prestigieuses, fierté de leur nation, comme IG Farben et Bayer. Il en sortira le Zyklon B, qui est au nouveau conflit ce que le gaz moutarde est à l'ancien.

Ce qu'il ignore aussi, c'est qu'une course s'est engagée entre physiciens américains et allemands pour fabriquer une bombe capable d'anéantir d'un coup un pays, un continent et même peut-être l'humanité tout entière. Une façon d'en finir avec les jeux de guerre.

Sans le vouloir et sans le reconnaître, il est aussi un artiste de la faim. Les ponctions pratiquées par les Allemands s'accroissent à la mesure de leurs ambitions vers l'est. Partout où l'asphalte et ses mornes reflets ont colonisé la nature, dessinant des chemins entre pierre et béton, recouvrant la vie animale d'un linceul de réglisse, on crève de faim. Il maigrit beaucoup alors que l'on entre dans l'hiver. L'actualité, pendant ce temps, a ses rebonds. Alors que les Allemands connaissent leurs premiers revers, les États-Unis sont entrés en guerre contre les forces de l'Axe. La guerre est désormais mondiale.

La solitude aussi accompagne les premiers grands froids. Quand il quitte l'internat, il ne sait pas où aller. L'hiver est rude, là-bas, dans cette Bretagne dont il a des nouvelles sporadiques. La famille se maintient dans un équilibre précaire qui produit chez sa mère d'horribles maux d'estomac.

Il sort malgré tout. Il lui arrive de s'asseoir sur un banc en face d'un grand café et d'observer le ballet des clients. Il se serait bien vu garçon de café durant son temps libre.

Paris grouille de gens désœuvrés aux mines empressées. Les jours de pluie, il trouve refuge dans les églises, où il échange l'humidité contre un froid de sépulcre. Il s'assied à l'extrémité d'un banc, allonge ses jambes, pose ses béquilles à même le sol. Ils sont quelques-uns à chercher du réconfort. Lui est là pour s'élever un peu. Il ne va plus à la messe, il ne communie plus. Il cherche Dieu, pensant que celui qui le trouve l'a déjà perdu. Lui recherche la foi, celle qui se cache dans des recoins célestes inaccessibles.

Dans sa classe, un élève l'attire. Son nom, Bennec, a une consonance bretonne, et il montre des aptitudes exceptionnelles. Le temps de l'énoncé d'un problème suffit à sa résolution. L'impatience qu'il manifeste, comme si son temps était compté, ce qui agace les professeurs, et la distance qu'il cultive avec ses camarades en font un élève isolé.

Il a essayé de s'approcher de Bennec avec le naturel qui le rend sympathique, et en jouant sur la corde de la proximité engendrée par la différence. Il échoue complètement, l'autre se replie sur lui-même, piqué, avant de rentrer dans sa coquille. Il n'insiste pas, et les deux restent seuls, sans voisin de classe.

Malgré ses absences répétées et la fatigue des interventions chirurgicales, il finit l'année avec de bons résultats. Alors que la chaleur de ce début d'été s'insinue dans les couloirs, monte dans les étages et que chacun profite de cette légèreté inattendue, le premier de la classe est venu un matin avec une étoile jaune collée à sa veste. Le « c » à la fin de son nom était en fait un « k ». Il ne réapparaîtra pas à la rentrée suivante.

Lors des vacances scolaires, de retour en Bretagne où il n'est pas revenu depuis Noël, il retrouve son village. La petite communauté n'a pas changé. Sa mère tient, toujours sans sourire, le bar du village, un châle noir posé sur les épaules, le regard fixé sur l'église dédiée à saint Loup.

N'ont changé que les Allemands, qui ne sont plus allemands. L'hiver 41 a été fatal aux ambitions du Reich et les pertes humaines s'accélèrent. Hitler s'obstine dans une expansion hasardeuse qui entraîne la destruction de son propre peuple. Les soldats qui l'année dernière traversaient le village avec leur air martial ont rejoint le front russe, et on les a remplacés par des prisonniers slaves, pour la plupart de pauvres types qui ont gagné quelques mois d'espérance de vie en passant à l'ennemi pour surveiller la côte française. De retour au pays, ils seront exécutés par Staline. La mort venant de tous les côtés, ils noient dans l'alcool leur désespoir. Et quand ils ne sont décidément plus eux-mêmes, ils sortent leurs armes et tirent à l'aveuglette.

Ils se sont attachés à l'infirme. Ils lui parlent en allemand, langue qu'ils baragouinent. Lui seul est capable de leur tenir le crachoir entre deux calvas. Ces étranges individus sans destin assurent la sécurité de la construction des blockhaus. Les Russes, comme on les appelle, bien que la plupart soient ukrainiens, n'ont aucune idée de l'endroit où ils se trouvent. Ils ne souhaitent la défaite de leur propre pays que parce qu'ils n'ont pas le choix : Staline ne leur laissera pas le loisir de s'expliquer sur le fait d'avoir survécu à l'avancée allemande. Pourtant les Allemands les méprisent, comme tous les Slaves. Ces survivants des plates campagnes ukrainiennes dévastées dès les premières semaines ont fait leurs preuves comme auxiliaires des SS, qui les ont utilisés pour soulager les hommes de leurs commandos de tâches jugées décourageantes, comme assassiner et enterrer les femmes et les enfants juifs. À ceux qui pensent que la culture et l'éducation sont le rempart contre la barbarie, les qualifications des chefs des commandos de la mort sont là pour démontrer le contraire. Ces officiers de la SS, pour la plupart de grands diplômés – certains sont docteurs en philosophie, en théologie, en sciences humaines –, ont plaidé pour la solution finale afin d'éviter à leurs troupes la répétition des exécutions sommaires, devant des fosses communes où il faut parfois un second projectile pour venir à bout des enfants. Dès janvier 42, la solution finale s'emploie à rationaliser les tueries, par la construction d'abattoirs modernes et la mise en œuvre de processus industriels, de la douche chimique mortelle à la crémation, en passant par la récupération des métaux qui pourraient subsister sur les dents, la transformation des cheveux, et parfois de la graisse, en savon. Tandis que les commandos de la mort représentaient une lourde main-d'œuvre, quelques aiguilleurs dans des camps isolés suffisent à exécuter des millions d'individus sidérés.

Il ne sait rien de ce qu'ils ont vécu, commis, des horreurs dont ils ont été les complices, s'ils l'ont été. Il ne voit que des êtres veules qui s'inondent d'alcool chaque fois qu'ils le peuvent. Ils ont fait de lui leur mascotte, il est le seul avec qui ils parlent ce mauvais allemand qu'on leur a inculqué à coups de masse.

La Résistance, qui tisse une toile discrète d'informateurs disséminés, a remarqué qu'ils le traitent avec faveur, et l'approche pour savoir s'il serait prêt à aider. On en discute. Lui n'imagine pas se soustraire au seul vrai devoir de sa génération. Il s'engage, comme beaucoup de jeunes de son âge, sans avoir l'impression de s'engager vraiment. Il ne s'agit pas de partir à la guerre, mais de tenir une petite permanence de l'utilité, agir, puis disparaître, se faire oublier.

Il travaille avec un compagnon dans la pénombre d'un pressoir. L'objet de leurs attentions est un vélo, qu'ils transforment pour qu'il puisse pédaler d'une seule jambe. Son copain se demande si la force de sa jambe valide suffira dans les côtes. Le pédalier finit par céder à leur ingéniosité.

Les premiers essais ont lieu le lendemain. Leur pari est gagné : les soudards russes ne l'arrêtent pas sur les routes alentour. Il voyage d'abord à vide, sans rien dans la besace que des livres de cours, puis avec des messages, et enfin des armes.

Un jour où il en transporte trois dans sa besace en bandoulière, il aperçoit au détour d'un virage le camion de la patrouille en travers de la route. Les soldats fouillent une petite Citroën à côté de laquelle se tiennent deux jeunes gens, un garçon et une fille, dont la pâleur le frappe. Il s'approche à petite vitesse, conscient qu'en cas de fouille il rejoindrait sans tarder son ancien camarade de classe au panthéon des adolescents résistants.

Il se sent d'autant plus vulnérable que la confiance s'est installée entre lui et les « Russes », dont il a habilement commencé à apprendre la langue. Leur haine pourrait être à la mesure de la trahison. Alors qu'il approche de la patrouille, l'un des soldats occupés à scruter chaque centimètre de la voiture l'aperçoit et s'apprête à l'arrêter à son tour, quand un autre Russe, qui l'a reconnu, s'interpose pour le laisser passer. Il poursuit sa route, heureux de profiter d'une descente, car sa jambe valide est coupée par la peur.

Il multipliera les services jusqu'à la fin des vacances scolaires. Il sait qu'ils ne font pas de lui un héros et n'a jamais eu l'intention de se décrire comme tel. L'après-guerre sera encombré d'individus bombant le torse au souvenir d'actes dont ils ont démesurément gonflé l'importance, ou qu'ils ont accomplis quand le danger avait déjà disparu. Il ne s'associera pas à ce concert, et n'aura jamais le culte, et encore moins la nostalgie, de ces années.

Il est finalement arrêté à la toute fin de l'été, sur la route de la plage. Le barrage est commandé par un Allemand qu'il ne connaît pas. Les actions de résistance se sont durcies, et chaque jeune est considéré comme un terroriste en puissance. L'officier lui ordonne d'ouvrir sa besace, qu'il porte comme toujours en bandoulière, mais n'y trouve qu'un maillot de bain plié et une vieille serviette au carré. La fouille à corps ne donne rien non plus. On le laisse repartir.

Dans la descente vers la plage, sur son vélo, ses cannes posées en travers du guidon, il pense que la probabilité, à ce moment précis, d'avoir porté des armes ou des messages compromettants était forte, et pourtant, à nouveau, il a eu de la chance.

Il nage pour la dernière fois de l'été sous un ciel maussade qui renvoie une lumière hésitante sur des rouleaux inquiétants. Alors qu'il gagne le large de sa nage cadencée, deux marsouins l'accompagnent, comme un hommage au lien qu'il crée entre les deux mondes. Poussé par le courant, il élargit sa trajectoire puis s'immobilise dans l'eau pour regarder le rivage désert. Il y revient essoufflé, passablement épuisé, mais heureux.

Il s'en retourne à Paris où rien ne semble avoir changé. Les lycéens juifs – du moins ceux qui n'ont rien vu venir, c'est-à-dire la grande majorité – ont été raflés avec leurs parents et leurs frères et sœurs. Les professeurs juifs ont connu le même sort. La violence de ce qui a eu lieu est à peine perceptible, ils se sont simplement évanouis et, quant à la destination de leur voyage, on parle d'un regroupement et, pourquoi pas, d'un État qui leur serait réservé quelque part.

Sa classe n'est pas concernée par le travail obligatoire, qui vise à cette époque les jeunes nés entre 20 et 22. Les plus vieux de ses camarades ont vu le jour en 25 mais, alors que les frères aînés commencent à partir, l'inquiétude monte d'être déporté, de ne pouvoir achever ses études, de mourir à la tâche en terre ennemie. Les idées les plus funestes circulent malgré la propagande qui essaye de fausser la réalité. Pour la première fois, on le désigne comme le chanceux, le seul de la classe à ne pas être concerné par cette menace. Les Allemands sortent de sa somnolence une jeunesse qui, par crainte du travail obligatoire, et sans alternative, va rejoindre la clandestinité, les caches et les maquis.

Lui se sait intermittent d'une résistance discrète et il attend les vacances d'été pour renouer avec le risque. À Paris, il ne se sent d'aucune utilité et ne se connaît pas d'ami assez fiable pour s'engager. De toute façon, il lui faut retourner aux Enfants malades pour une nouvelle opération. L'époque est si lugubre qu'il s'y rend sans contrainte, soulagé de retrouver cette atmosphère de bienveillance et de protection. À dix-sept ans, il est le plus ancien malade.

Quand vient l'heure du bac, la perspective du travail obligatoire s'éloigne pour ses camarades alors qu'enflent les rumeurs du débarquement des alliés en Normandie. Sa chance a tourné : non seulement cet avantage a disparu, mais il s'avère que, dans le choix des grandes écoles, il sera limité par son handicap. Polytechnique, en tant qu'école militaire, ne recrute pas d'infirmes. Ne pas pouvoir tenter la plus prestigieuse le blesse. Aurait-il été reçu ? Il se console à la pensée que l'incertitude peut être plus facile à accepter que l'échec.

Cet été ramène de la lumière et de l'espoir. La libération semble désormais inéluctable, mais Paris s'enflamme et la route du retour vers la Bretagne est coupée. Il demande au proviseur de l'autoriser à rester à l'internat seul jusqu'au rétablissement des communications. Le proviseur, qui n'a sans doute jamais été confronté à une telle situation – mais les guerres ne sont pas avares de ce genre de péripéties –, s'excuse de ne pouvoir le satisfaire et argue de la fermeture complète de l'établissement. Il doit pourtant bien rester le concierge ou quelqu'un qui veille sur les locaux, mais le proviseur ne veut rien entendre.

La bourse s'est éteinte avec le trimestre et le peu d'économies qui reste ne permet pas de subsister. Depuis quelques jours, il est au bord de basculer dans cette misère tant redoutée.

Il se retrouve à la rue, avec dans sa besace deux chemises et deux pantalons. Le temps clément lui permet de dormir quelques jours dehors sur un banc inconfortable mais, tenaillé par la faim, il se dirige finalement vers l'hôpital, son hôpital. Les mensonges qu'il a préparés ont trouvé en germant un écho dans de vraies douleurs qui montent depuis la racine de sa colonne vertébrale.

Les premiers constats des médecins de garde mettent en cause sa malnutrition. En attendant le retour du professeur, on le nourrit, frugalement certes, mais assez pour qu'il survive. Sans nouvelles de sa famille, il choisit de penser qu'elle va bien. Une idée l'obsède, celle du possible retour de son père parmi les troupes américaines du débarquement. Il échafaude différents scénarios : le Bosco pourrait ensuite rentrer en Bretagne, ou marcher vers Paris pour laquelle on livre bataille.

Ses douleurs dans le dos ne font que croître, comme si elles s'ingéniaient à lui gâcher ce moment historique et à le repousser sans cesse à l'arrière-plan. Décidément, il ne sera jamais comme tout le monde. Quand de Gaulle descend les Champs-Élysées devant la population en liesse, le plafond de sa chambre reste sa seule perspective. Les échos lointains de la victoire viennent jusqu'à lui mais, de fatigue, il s'endort.

Alors que s'ouvre la période troublée de l'après-guerre et de ses règlements de compte, lui n'a rien à reprocher à cette France qui a permis à un prolétaire handicapé de suivre un parcours scolaire ambitieux. S'il doit un jour se battre, il sait pour quelle France il le fera : celle des enseignants qui l'ont remarqué, aidé, accompagné, celle des soignants qui l'ont guéri et celle d'un État qui, malgré toutes ses faiblesses et des circonstances désastreuses, a accompagné ses efforts.

Il poursuit sa classe préparatoire dans le même lycée, ni la libération, ni la paix qui suit l'effondrement de l'Allemagne ne changent grand-chose pour lui. Mais la paix n'est pas encore mondiale. Là-bas, dans le Pacifique, le conflit, en raison de l'acharnement suicidaire du Japon, s'éternise.

Il est descendu du car à l'arrêt qui surplombe le village. D'une main ferme, il a remis son sac sur son épaule. Il a allumé une cigarette avant de se mettre en route. Arrivé chez lui, il a jeté son mégot et il est entré. Elle qui s'affairait dans la cuisine, entendant le bruit de la porte, a pensé que c'était l'un de ses enfants. Elle ne s'est retournée que quand elle a entendu le bruit du sac de marin tombé sur le sol.

Il se tenait dans l'encadrement de la porte, comme s'il attendait d'être autorisé à entrer. Puis il s'est avancé avant de s'asseoir à la table, de demander un café. Ils sont restés comme cela un bon moment, silencieux, lui parce qu'il n'avait rien à dire et elle craignant d'être submergée par un torrent de questions. Il a demandé où étaient les enfants. Leur fille était à l'étage et les deux garçons partis travailler aux champs. Il s'est levé, il a pris son sac et a commencé à le vider, d'un côté le linge sale, de l'autre quelques objets, parmi lesquels des souvenirs, pour elle et pour les enfants, qu'il a posés sur la table. Le silence s'est installé entre eux, ils ne parviennent plus à en sortir. Comment résumer cinq ans et trois mois d'absence, remplacer un si long vide par des mots ? Alors, par un accord tacite, ils reprennent leurs activités comme s'ils s'étaient quittés la veille et il fait le tour de la maison après avoir embrassé sa fille, aussi sidérée que sa mère. Il dresse une liste des travaux à prévoir et s'étonne que les garçons n'aient pas eu la présence d'esprit de faire un peu d'entretien. Le Bosco, se réappropriant son rôle de chef de famille, constate néanmoins avec satisfaction que peu de chose a changé. Il évoque déjà l'avenir. Il est là pour deux semaines, après quoi il rembarque sur un paquebot, il s'en est assuré au Havre avant de rentrer, il va bien falloir nourrir la famille. Ses fils, alertés par la rumeur du retour de leur père, arrivent à la maison, ébranlés. Parce que le Bosco ne lui a rien demandé, Marguerite n'a rien dit de la maladie de son aîné et il la découvre, stupéfait de ce bouleversement de l'ordre des choses. Il pleure sans sanglots que son fils soit meurtri et pas lui. Alors vient enfin le temps de tout libérer, de tout expliquer.

Devant l'impossibilité du retour en juin 40, il s'est engagé dans la marine américaine, qui l'a très vite affecté au transport de troupes et de matériels par cargos entre New York et l'Angleterre, puis entre la côte Est et le Maroc, et enfin sur des convois dans le Pacifique. La guerre terminée, il est rentré.

Il est content de s'en être sorti. Tant de bateaux qui traversaient l'Atlantique nord ont été torpillés par les sous-marins allemands qu'il ne s'imaginait pas survivre à ces traversées. Mais ce n'est pas sur ce théâtre d'opérations qu'il a obtenu la grosse médaille dorée qu'il sort de son étui. C'était un jour de départ, dans le port de New York. Son navire sortait avec à son bord deux mille soldats envoyés en Angleterre pour préparer le débarquement en France. Le brouillard permettait à peine de distinguer le bout de sa cigarette allumée. Le navire a éperonné une Abeille, dont les hommes se sont retrouvés à l'eau et ont commencé à se noyer, avant qu'il ne saute du pont pour aller les rechercher un à un. Il en a sauvé dix, dix pour une médaille du courage de la ville de New York.

Il est arrivé, une nuit, que son navire soit le seul rescapé d'un convoi contre lequel s'étaient acharnés plusieurs sous-marins allemands. L'incendie éclairait la mer comme en plein jour et il revoit ces grappes de marins accrochés à des bouts d'épaves qui mouraient calcinés par la combustion de leur propre carburant, là, au beau milieu de l'océan. Cette mort par le feu, pour des marins nageant à la surface de l'eau, il dit que ça dépasse l'imagination. Il ne tire aucune fierté de sa médaille, qu'il repousse de la main. D'ailleurs, il ne tire de fierté de rien, et ce n'est pas la modestie qui le guide : il préfère tourner la page d'une histoire dont, au fond, personne ne sort vraiment grandi. Lui, il a fait ce qu'il y avait à faire et, maintenant que c'est fini, il préfère n'en cultiver ni le souvenir ni la nostalgie, en tout cas pour le moment, il sera toujours assez tôt dans ses vieilles années d'en remuer la mémoire pour s'occuper. Pourtant la parenthèse est de taille, cinq des meilleures années d'une vie, mais voilà, après tout, ce n'était pas pire que ses débuts sur les goélettes armées en Islande.

Déjà tellement ombrageux et lunatique, il vit comme un échec la maladie de son fils, sans comprendre que celui-ci a déjà largement dépassé le stade de la déception. Que son aîné, qui en a rêvé toute son enfance, ne puisse un jour prétendre commander un de ces navires dont lui-même ne sera jamais plus qu'un maître d'équipage, il en est profondément offensé. Une continuité évidente s'est brisée.

Bientôt, il retrouve l'internat et sa classe préparatoire, et le Bosco repart sur cet Atlantique nord dont le fond s'est transformé en sanctuaire, parsemé de milliers d'épaves colossales qui gisent brisées avec leur chargement, des tanks, des canons, des avions à monter, des pièces détachées pour toutes sortes de machines. Son travail n'a pas changé, ni sa qualification. La France ne lui reconnaît aucun mérite, pis, elle pourrait lui enlever des annuités de retraite. Il en est ainsi, même les plus grandes aventures viennent s'échouer sur des considérations comptables, dont l'avantage incontestable est qu'elles nous évitent de penser à l'essentiel.

Il est tout de même revenu avec un petit pécule, une bonne partie de sa solde en dollars, celle d'un homme d'équipage nourri et logé. C'est assez pour entretenir un moment l'illusion de moins de privations. Il verrait bien sa famille revenir au Havre. Mais Marguerite ne veut pas en entendre parler. Elle ne veut plus l'attendre au milieu des marins et des dockers, et elle est ici chez elle, dans ce bourg où elle a ses habitudes.

Cette horrible angoisse qui lui labourait le ventre est toujours présente, elle ne sait plus faire sans elle. Et lui n'a pas eu un mot, pas un remerciement, pour avoir mené le troupeau seule sans faiblir. La gloire, un moment ignorée, qui remonte des conversations de village n'est que pour lui, non qu'elle la revendique, mais elle aimerait avoir sa part de reconnaissance, au moins de lui. Le Bosco ne lâche rien, ni tendresse, ni remerciements. Dur, il l'était déjà, mais de n'avoir jamais dû céder à la peur l'a transformé en pierre. À la maison il fait pousser un coin de luzerne pour ses lapins, il entretient leur clapier. Puis il fait le tour des copains qui ne sont pas en mer. Il en dit assez pour nourrir la conversation entre deux verres, avant de rentrer. Il ne comprend rien à la prostration de sa femme. Ça le dépasse, lui qui avance sans ciller sur un chemin de réponses sans vraiment se poser de questions. Elle est honteuse de son état. Au café où elle sert toujours, on est habitué à la voir silencieuse, à répondre poliment, à ne jamais relancer la conversation. Mais à présent elle est tout autre, son regard est celui d'une personne pourchassée par un spectre. Elle prie assidûment, mais la prière ne lui est d'aucune aide, alors elle se met progressivement à boire. La boisson l'allège d'elle-même, du contrecoup de sa terreur, et elle n'en demande pas plus. Ses enfants sont sur le chemin de la réussite, son second fils se prépare à devenir capitaine au long cours, son aîné a brisé tous les obstacles pour se construire un avenir, sa fille trouvera à travailler dans les bureaux. Elle a réussi l'essentiel, mais tout en elle refuse de se réjouir. Elle avait bien dû, comme toutes les jeunes filles, rêver d'une vie, mais elle ne se souvient plus de laquelle.

Son aîné, qui ne revient en Bretagne que lors de certaines vacances scolaires, quand il trouve l'argent, voit nettement les stades de la lente dépression dans laquelle sa mère glisse. Lui qui éprouve pour elle tant de gratitude en ressent une peine infinie. Les maladies de l'âme, on ne les soigne pas, dans ces contrées reculées, on les maquille, on les dissimule, on les nie en espérant que la dureté des conditions de vie finira par les raboter. La seule thérapie, Marguerite la connaît et elle s'y livre avec méthode, mais sans excès, buvant du lever au coucher, comme si elle posait un voile sur ses journées pour leur assurer une lumière uniforme. Son haleine la trahit dès les premières heures du jour, mais elle refuse bien entendu d'évoquer ce nouveau remède. Et puis elle donne à son habitude toutes les apparences de la raison : elle n'est jamais ivre, beaucoup moins que son mari lorsqu'il rentre de la tournée des fermes de ses cousins et qu'il s'affale à la table de la cuisine, ouvrant le journal local à la recherche d'un fait divers quelconque. Il pratique la médisance comme un loisir, s'abaissant à colporter des rumeurs sur les uns et les autres, un jeu qu'il conclut souvent en vitupérant contre les riches qui tirent toutes les ficelles du malheur des peuples. Il aime râler, gueuler contre le capitalisme, même si les Soviétiques ont bien commencé par s'allier aux Boches, ce qui en dit long sur les convictions de ces gens-là. Lui reste catholique et, bien qu'il ne tire pas exagérément sur la pipe de l'opium des peuples, il se méfie des pourfendeurs de religions. Et pour finir sur la question politique, qu'il n'aborde que par bouffées éruptives, il n'oublie pas qu'il a combattu sous le drapeau d'un pays libre où le pauvre, du moins ce qu'il en a vu sur la côte Est, a l'air moins pauvre qu'ailleurs, et c'est toujours mieux de se faire son opinion d'après ce qu'on a vu. D'ailleurs, s'il le voulait, il pourrait être américain lui-même. La fierté qu'il éprouve pour ses enfants, il ne se prive pas de l'exprimer, peu d'enfants du village fréquentent les classes préparatoires aux grandes écoles à Paris. Il oublie seulement de dire à quel point sa femme compte dans cette réussite.

À Paris, le rationnement continue. La fin des hostilités profite surtout aux fortunés, qui retrouvent la liberté sans le désagrément de la faim.

Lui est plus occupé par les concours des grandes écoles que par les procès médiatisés qui voudraient enfouir la face sombre du pays. La France a majoritairement collaboré mais, pour la faire participer au concert des vainqueurs, l'élan de la Résistance doit être partout célébré. On falsifie l'histoire. Il prendra conscience de cela plus tard, mais il comprendra également que de Gaulle n'avait pas vraiment le choix, sauf à épurer une grande partie de l'élite et laisser le pays aux communistes qui avaient fait plus que leur part dans cette guerre.

Rares sont ceux qui vivent pleinement les périodes historiques. La politique ne l'intéresse pas, lui ne pense qu'à s'élever de sa condition, réussir ses concours. Ensuite, il dessine le projet de voir le monde, de fuir le cadre étriqué de ces dernières années, l'hôpital, l'internat et le fantôme de la pauvreté.

Les concours lui donnent accès à l'école qu'il souhaitait. Il va y étudier essentiellement la chimie et la physique mais, avant cela, ses vacances sont consacrées à une dernière opération censée lui permettre à terme de marcher sans béquilles. Au premier amphithéâtre où commence un cours magistral, il fait une entrée remarquée : en retard, il ouvre les portes d'un coup de canne, avant d'apparaître, la poignée de son cartable entre les dents.

À quoi tient ce visage contrarié, cette réserve froide qu'il impose à son entourage ? Il n'est définitivement pas l'homme du nombre. Il ne s'ouvre qu'aux petits comités, progressivement, et s'éclipse dès qu'ils s'élargissent. Cette complicité qu'il est long à installer, voire à tolérer, viendra avec deux jeunes femmes de sa classe, qui diront plus tard avoir été les seules à le supporter. À l'aimer, aussi, d'une amitié fidèle, car quand il consent à la relation, il laisse une empreinte profonde et durable. Il n'est d'aucune superficialité, d'aucune versatilité, d'aucun jeu de pouvoir dans la relation avec ces femmes qui sont au fond les deux premières qu'il ait bien connues. Il découvre l'attrait intellectuel qu'elles suscitent, et ce supplément de finesse par rapport aux hommes du même âge. L'artiste de la faim a son orgueil et ne mange qu'une fois par jour, faisant passer pour une discipline ce qui est une contrainte. Mais, pour la première fois depuis qu'il est arrivé à Paris poussé par le vent de la maladie, elles le sortent un peu de son univers, limité par la pauvreté et les difficultés à monter et à descendre les interminables marches du métro.

Chaque retour en Bretagne lui fournissait des indices. Voilà désormais Marguerite recluse dans une solitude dont nul ne peut l'extraire, donnant tout juste assez le change pour que personne ne lui pose de questions. Au moment où il s'apprêtait à la voir rayonner des succès de son fils, la lumière s'est éteinte. Mais il ne se résigne pas.

Marguerite lui annonce la réussite de son frère à ses examens, il sera un jour capitaine au long cours. Il s'en réjouit, mais pas elle, qui le dit d'un ton affligé, comme si leurs succès étaient une charge supplémentaire. Il voit bien que son père, quand il revient, n'arrange rien. Les seuls moments où elle semble renaître sont ceux où ils se querellent pour des broutilles auxquelles chacun s'efforce de donner une ampleur démesurée. Il lui arrive de prier pour sa mère, contre cette injustice qui la prive du fruit de ses efforts, car c'est elle le héros de la famille.

Les vacances s'achèvent sur un « été breton » dominé par des vents froids. Mais malgré cela, comme chaque année, il s'offre un dernier bain. Il enfourche son vélo et descend à la plage par cette même route qui traverse le bois touffu aux effluves rassurants. Il est si peu habitué à lâcher prise qu'il savoure ces rares moments. Pas un bateau au large ne fend l'horizon métallique. La mer est à lui, à lui seul et il va s'abandonner à elle une dernière fois avant de retrouver Paris, dont les beautés le laissent insensible. Ce n'est certainement pas le lieu où il fera sa vie, les grandes agglomérations sont incommodes pour les infirmes, quelle que soit leur détermination, et Dieu sait qu'il n'en manque pas. Il sait qu'il se lassera un jour de cette promiscuité, de la multiplication des regards sur son handicap, au point de quitter la capitale pour n'y jamais revenir.

Les milieux intellectuels qui sont une bonne partie du charme de cette cité, il ne les a pas côtoyés, il les a frôlés à l'occasion, mais leurs préoccupations paraissent bien loin des siennes. Leurs raisonnements semblent déformés par un instinct de conservation de classe, et ce qu'ils conçoivent pour les défavorisés relève pour lui d'une forme sophistiquée de charité, dont le fondement est toujours d'éviter une véritable remise en cause de l'ordre établi. Quitte à choisir, il préfère la bourgeoisie qui s'assume à celle qui se donne des airs. Le professeur de médecine qui l'a soigné ne se payait pas de grands discours, il agissait. Sans doute né privilégié, il avait une haute conscience de ses responsabilités envers ceux qui ne l'étaient pas, et rendait chaque jour une part de ce qui lui avait été donné.

Il se sent de la génération qui fera tomber le cloisonnement étouffant de la société française mais, à ce moment, il se méprend sans doute sur la capacité des grands bouleversements à changer les habitudes. La méfiance des uns vis-à-vis des autres s'est installée, le pays se maintient dans ses clivages, ses mesquineries. L'émergence d'une grande figure, de Gaulle, ne suffit pas à lui redonner un élan profond.

Il a quitté sa mère, inquiet de la laisser aux prises avec elle-même. Il ne sait pas quand il la reverra, ni même s'il aura assez d'argent une fois dans l'année scolaire pour revenir la voir. Il aimerait pouvoir travailler en plus de l'école, un petit boulot pour se constituer un pécule, mais il marche encore avec des cannes. Personne ne lui confiera un travail debout et, assis, que pourrait-il bien faire ? De plus, étudier prend tout son temps, il ne rate pas une heure de cours, son assiduité est sans faille. L'idée que le plus dur est fait une fois le concours d'entrée réussi est assez répandue chez ceux qui ne cherchent qu'un diplôme, ce fameux diplôme qui vous classe à vie dans la société française. Lui est là pour apprendre et il se voue à la connaissance de tous les domaines de la physique et de la chimie. À la fin de l'année, diplôme en poche, il partira, où, il n'en sait rien, mais il partira. Seul l'état psychique de sa mère assombrit ses projets. Pourtant elle ne lui demande rien, d'ailleurs tous les hommes de la famille, depuis l'aube des temps, partent un jour, et reviennent, s'ils ne se sont pas noyés.

Il voyage toujours avec peu d'affaires. Un petit train le conduit à la grande ligne qui le ramène à Paris. Le temps du changement est court, trop court, il y voit l'arrogance des grosses bourgades de province qui se haussent du col et leur mépris pour les gens de la campagne. Cette fois il a dû courir avec ses cannes et, à l'approche de ce foutu marche-pied qu'il redoute à cause de sa hauteur, il est déjà épuisé. Le sifflet du départ a retenti. Il balance ses cannes dans le train, saisit les deux rampes verticales et se hisse à la force des bras, parachevant l'action par un rétablissement à faire pâlir un gymnaste.

Il est en nage, le train est bondé. Le couloir est plein de jeunes qui, comme lui, regagnent Paris pour la rentrée. Dans un corridor d'une telle étroitesse, les voyageurs se collent aux parois pour le laisser passer. Son compartiment est déjà plein et, quand il fait état de sa réservation, un jeune à demi endormi se lève avec nonchalance pour lui rendre sa place. Dans cet état de rage contre tout ce qui fait obstacle à sa mobilité, il ne remarque pas tout de suite la jeune femme assise à sa droite qui essaye, les coudes contre le corps, d'ouvrir un cahier. Après un moment de respiration, il note que son cahier contient une suite d'équations qui attendent d'être résolues. Il ne la voit pas parce qu'elle est trop près de lui et que, penchée sur ses devoirs, elle lui offre un profil perdu en contre-jour. Il s'avise, en revanche, que deux jeunes hommes la fixent avec insistance. Lui et elle sont les deux sources d'attraction du wagon, l'une pour ses attraits, l'autre pour son infirmité.

La jeune voisine cale sur ses équations. Son crayon retourné, elle tapote sur la feuille, dépitée. Lui les trouve d'une facilité triviale. Et il n'a pas le triomphe modeste. D'un geste surprenant parce qu'ils ne se sont parlé à aucun moment, il lui prend lentement le cahier des mains, puis le crayon, pour aligner les solutions des équations. Mi-étonnée, mi-vexée, elle le remercie du bout des lèvres sans tourner la tête. Ni l'un ni l'autre ne sait qu'ils sont au seuil d'une histoire d'amour qui les accompagnera jusqu'à la mort.

Ils se croisent plus tard dans le couloir. Elle se tient droite, à un mètre de lui, dévoilant sa beauté. La confiance en elle n'est pas sa première qualité, comme les maths ne sont pas sa matière de prédilection. Pourtant elle entre en dernière année d'une grande école de commerce. Ce qui le charme le plus, d'emblée, est cette façon unique qu'elle a de rendre son handicap transparent.

Elle revient d'un village côtier où ses parents, un ingénieur et une préparatrice en pharmacie, louent une maison depuis le début de la guerre. Ayant rétabli leurs quartiers dans la banlieue est de Paris à la Libération, ils ont gardé cette maison pour les vacances. Ils échangent pendant un bon moment des informations sans grande importance, histoire de dessiner un cadre. Il la prévient qu'il est pauvre et qu'il ne pourra pas lui payer un café en arrivant. Il est comme ça, il met sur la table tout ce qui pourrait déranger par la suite.

Ils prennent le métro ensemble et savent qu'ils vont se quitter pour se revoir bientôt. Il évoque la guerre, ces moments où l'on se précipitait sous terre, dans les stations, pour échapper aux bombardements. Il s'en est fallu de peu que la ville ne soit rasée. Elle se souvient des bombardements de la voie ferrée de l'est, de la terreur de sa mère.

À la sortie du métro, en passant devant une colonne Morris, elle le questionne sur ses goûts en matière de cinéma. Il confesse n'en avoir aucun, faute d'y avoir jamais mis les pieds. Elle-même n'y va pas souvent ; la dernière fois, en mai, elle a vu *La Chartreuse de Parme* avec Gérard Philipe. Elle aime lire, beaucoup, elle dévore, mais se dit incapable d'en parler, comme si l'intimité créée avec l'auteur n'appartenait qu'à elle. Lui s'est arrêté aux classiques obligatoires. Ils finissent par en savoir un peu plus l'un sur l'autre. Mais l'essentiel n'a pas eu besoin d'être évoqué.

Ils décident de se revoir le dimanche suivant. Pas le matin, elle assiste à la messe, avant tout pour faire plaisir à sa mère, elle est plus pratiquante que croyante. Ils ont appris, par un écho lointain, que le gouvernement venait de tomber pour avoir alloué des aides aux enfants défavorisés des écoles catholiques, ce que le dogme de la laïcité proscrit. Les gouvernements tombent, se relèvent, on en oublie le nom des présidents du Conseil. La république parlementaire s'est bien remise de la débâcle. De Gaulle, le libérateur, a été écarté, et la valse des petits intérêts a repris. Les sujets qui occupent les conversations sont la grève des mineurs, l'inflation à 49 %, les aides américaines qui devraient nous sauver d'une banqueroute quand le franc dévalue de 80 % par rapport au dollar. Elle suit ces sujets, sans passion, mais comme quelqu'un qui sera un jour amené à assumer des responsabilités. Dans le monde, la guerre froide s'installe selon le découpage convenu. Staline pousse ses pions, la Tchécoslovaquie vient de tomber dans son escarcelle. La situation est diversement appréciée. D'un côté certains redoutent l'imminence d'un troisième conflit mondial, de l'autre on se réjouit que la bombe atomique l'empêche. On se plaît à cette illusion rassurante, parce qu'on s'imagine que le nucléaire, en conduisant à l'apocalypse, éliminerait toute forme de souffrance. Ce ne serait que la fin de l'expérience humaine et, sans hommes, de toute façon, personne ne pourrait plus témoigner qu'elle ait effectivement eu lieu. Malgré les tickets de rationnement qui perdurent, on commence à faire la fête, à boire, à écouter du jazz, à se griser en refusant de penser à ce nouvel ultimatum issu des contorsions morbides de l'esprit humain.

Elle le rejoint, le dimanche suivant, un dimanche pluvieux, dans sa chambre de la Cité universitaire. Il craint certainement d'en arriver là où leur relation doit maintenant les conduire. Il se prépare à ce moment unique et intense où il va découvrir le corps désiré et révéler le sien, qu'aucune femme hormis quelques infirmières n'a encore vu ni touché.

Alors que sa tête à elle repose sur son torse, il lui dit comment il voit leur relation future. Il souhaite une égalité absolue entre eux, il est disposé à tout partager. Le temps où les hommes brisaient la confiance des femmes, sciemment ou par maladresse, est révolu : il sera à ses côtés pour lever tous les obstacles à ses projets. Il conclut en lui affirmant, sincèrement, que sa réussite professionnelle en tant que femme comptera toujours plus que la sienne. Elle découvre que son ambition n'est pas sociale ni financière mais intellectuelle, que la résolution d'énigmes scientifiques lui importe plus que le statut. Elle devine aussi que sa franchise et son caractère minéral ne le prédisposent pas aux manœuvres et aux trahisons qui accompagnent généralement la réussite dans les grandes structures.

La fusion est engagée, en peu de temps ils deviennent indispensables l'un à l'autre. Pour lui, cette union défie les probabilités. Combien y avait-il de chances qu'il rencontre un jour une femme qui lui corresponde, et aussi facilement ? Quasiment aucune, et pourtant ils ont pris le même train, le même jour. Il aurait suffi que ses parents aient loué une maison en Bourgogne plutôt qu'en Bretagne et ils ne se seraient jamais croisés. Telle est la force des petites probabilités, qui va le faire se passionner de plus en plus pour l'univers probable et ses applications en sciences.

Il lui présente ses deux amies, Michèle et Françoise, celles qui l'ont aidé, soutenu et aimé d'une rare amitié. Elle n'a que ses parents à lui présenter et, les mois passant, l'idée fait son chemin. Elle n'en a pas dit grand-chose. Son père, comme des millions d'autres Français, s'est distingué en 14, moyennant quelques blessures qui ne l'empêchent pas de vivre normalement, ni de travailler comme ingénieur dans une entreprise familiale dont le siège est près de l'Opéra. Ses parents ont une différence d'âge notable, sa mère l'a eue jeune, à vingt ans, ce qui crée entre elles une proximité d'âge parfois dérangeante. Il sait depuis le premier jour qu'elle n'a ni frère ni sœur, mais un cousin germain, fils unique comme elle, qu'elle le considère comme son frère. Il est de quatre ans son aîné et, engagé dans la Résistance, il a disparu pendant une bonne partie de la guerre pour revenir distingué et médaillé par le roi d'Angleterre. Le père de ce cousin, son oncle, a tenu l'imprimerie du parti communiste pendant que celui-ci construisait, un peu malgré lui, sa légende. Est-ce que son père à elle est aussi communiste ? Oh ! grands dieux, certainement pas, il défilait avec les Croix-de-Feu contre le Front populaire avant la guerre. Mais, politique mise à part, tout le monde s'entend bien, son père a une grande estime pour son neveu qui, bien que communiste lui aussi, a œuvré à la libération de la France. Le Croix-de-Feu, lui, n'a pas fait l'erreur de donner sa flamme à Pétain, comme nombre d'officiers de 14 qui s'étaient figuré qu'après les avoir protégés à Verdun le vieux maréchal saurait veiller sur leur dignité dans la collaboration avec l'occupant.

Il va faire son entrée dans cette famille, et cette perspective lui gâche l'humeur, même si c'est une façon de faire progresser leur relation, qui à bien d'autres égards a déjà pris beaucoup d'avance. Il s'imagine l'énergie qu'il va devoir déployer pour contrebalancer l'image de l'infirme indigent.

La date est fixée. Des tickets de rationnement en nombre ont été recueillis pour organiser un déjeuner dominical digne de ce nom. Seuls les parents sont présents. Les oncle et tante, le cousin rencontreront le jeune homme plus tard, si l'examen est réussi. Ils habitent à deux pas, dans la même rue, qui porte par ailleurs le nom de l'imprimeur en chef du parti communiste, camarade de l'oncle, assassiné par les Allemands. De petits pavillons en meulière accolés à des jardins minuscules s'y alignent le long de la voie ferrée. De l'autre côté, le champ de courses offre une étendue verdoyante.

Ce dimanche-là, il pleut à verse. Elle l'attend en faisant mine de parfaire ce qui ne peut l'être, parce que sa mère a pensé à tout. Sur son bureau, son père a étalé des cartes à jouer pour une « patience » qui porte bien son nom. De la patience, il en a, il en est un maître insoupçonné. Son rapport au temps n'appartient qu'à lui et il n'autorise personne à s'en mêler. Il est habillé d'un costume trois pièces de qualité, aux fines et longues rayures. Il fume. Avec un long fume-cigarette cerclé d'une petite bague dorée. Le bout n'en est pas mâché car il n'a pas de dents. Il le tient entre les lèvres. Il fume toujours la même marque de cigarettes, des Craven A sans filtre qui diffusent un parfum de club anglais. La soixantaine approchante n'a pas de prise sur son visage, pas plus que le temps n'a de prise sur lui.

La table est dressée avec la vaisselle des grandes occasions. Elle l'a présenté à ses parents en quelques mots. C'est un futur ingénieur de famille modeste, mais son père a fait la guerre dans la marine américaine. Sa mère s'est démenée depuis le matin, elle est aussi vive que son mari est immobile. Sa fille redoute cette énergie inépuisable. La mouche s'agite mais ne vit pas.

Tout est prêt. Elle regarde sa montre, s'inquiète. Pour venir, il a dû prendre le métro puis le bus, puis marcher un peu. Elle voulait l'accueillir à l'arrêt du bus mais il a décliné l'offre. Il n'a pas de chapeau, il n'aime pas en être coiffé, et il dégouline de la tête aux pieds. Des gouttes d'eau coulent sur son visage comme de grosses larmes qui poursuivent leur course sur son imperméable trempé. Quand elle lui ouvre la porte, il a la tête enfoncée dans les épaules et il est visible que la mauvaise humeur l'emporte sur toute autre disposition d'esprit. Il franchit allègrement les quelques marches du perron pour pénétrer dans l'entrée. Sa mère, si petite qu'on se demande parfois si ce n'est pas un effet d'optique, s'est avancée. Elle découvre les béquilles et cette façon particulière qu'ont les polios de claudiquer. Elle veut croire un instant qu'il se remet d'un accident, qu'il s'est cassé une jambe. Mais de cela sa fille lui aurait parlé, alors qu'elle leur a bel et bien dissimulé l'infirmité de son prétendant. La mère voudrait partir, s'enfuir, quitter sa propre maison. Mais non, elle va résister. Elle le salue froidement alors que son mari, qui a entendu la sonnette, descend l'escalier en bois recouvert d'une fine moquette.

Pendant qu'il défait son imperméable, il s'aperçoit que le père qui s'approche porte un bandeau noir qui cache son visage de la lèvre jusqu'aux yeux. Le jeune homme le salue en prononçant quelques mots inintelligibles. On s'assied pour l'apéritif. Il pose ses cannes en équilibre à côté de lui, l'une glisse, tombe sur une petite table et casse un verre. C'est l'occasion pour la mère de reprendre le cours de son agitation et de se précipiter dans la cuisine avec les morceaux. Elle y reste seule un moment, appuyée à la table, pour reprendre ses esprits et encaisser le choc de sa déception. Pendant ce temps, le vétéran de 14-18 qu'aucune infirmité n'impressionne veut en savoir plus. Mais ses paroles sont incompréhensibles, les sons qu'il émet s'assemblent difficilement pour former des mots, alors il répète jusqu'à ce que sa fille, habituée à son langage, propose une traduction. Il veut savoir où il a attrapé ça, ce truc à la jambe. Il aimerait bien que la réponse parle d'une bataille, cela créerait un lien évident, mais ce n'est pas le cas, c'est juste une maladie virale. Il demande si c'est réversible. Assez pour récupérer une jambe, mais pas pour retrouver les deux.

L'homme ne posera plus de questions, car il sait comme il est incommode pour les gens qui ne le connaissent pas de déchiffrer sa parole. Alors il abdique, se recule dans son fauteuil et on imagine qu'il sourit avec bienveillance derrière son bandeau.

La mère, revenue de la cuisine, donne le change en l'interrogeant sur sa famille, puis la conversation dérive sur la Bretagne, car il est plus facile de parler des lieux que des êtres. Une fois vantés les bienfaits de la mer et du grand air, elle en revient à lui, sonde ses intentions en caressant l'espoir que sa relation avec sa fille n'ait pas le sérieux escompté. On passe à table. Le voir se hisser sur ses béquilles pour parcourir trois mètres conforte la mère dans l'idée que ce jeune homme, certes bel homme, va devenir une sacrée charge pour sa fille. Elle qui n'a jamais pu embrasser son mari, qu'elle a rencontré déjà blessé au sortir de la guerre, se demande probablement si celui qui prétend devenir son gendre n'est pas en outre impuissant du fait de sa maladie. Par bonheur la conversation se détourne, on évoque les responsabilités de son mari à l'échelon national dans l'Association des blessés de la face, autrement dit « gueules cassées ». C'est dans les deux châteaux de l'Association, l'un dans le Var, l'autre à Moussy, près de Paris, que leur fille passait ses vacances scolaires, dans la colonie des enfants de défigurés. Les responsabilités du père dans cette organisation les amènent à fréquenter les grands de la politique, qui ne manquent pas une occasion de se faire photographier au milieu des anciens combattants. Ils ont même déjeuné avec Poincaré. Elle l'exaspère et il échange quelques œillades désespérées avec celle qu'il aime. Elle ne dit rien, soupire à l'occasion, comprenant parfaitement ce qui se trame. Sa mère est une femme pleine de bonté, elle a fait preuve d'un dévouement prodigieux en épousant un homme qui avait un trou au milieu du visage, mais l'idée que sa fille unique tombe dans le même sacerdoce l'effraye et la rend exécrable. Son affolement prend toutes les formes possibles pour convaincre le jeune homme de renoncer à cette union.

Elle pose délicatement la viande découpée dans les assiettes. Puis elle retourne à la cuisine chercher l'instrument qu'elle a oublié sous le coup de l'émotion. Elle le donne à son mari, qui a déjà coupé sa viande en petits dés. Au moyen du masticateur, il réduit ceux-ci en fines lamelles, qu'il introduit ensuite doucement dans sa bouche. Absorbé par cette opération délicate, qui se renouvelle à chaque repas, il ne suit plus la conversation.

Voyant le jeu de celle qui pourrait bien devenir sa belle-mère, il s'est mis en retrait. Refermé comme une huître, il se concentre sur la nourriture, exceptionnelle, et sur le vin délicieux : l'oncle, en plus d'être communiste, est représentant en vins et spiritueux. Il est déjà grisé et bientôt ivre quand la mère l'interroge subitement sur ses projets. Il prend son temps pour répondre. Le regard rasant la table, il explique sa stratégie qui consiste à quitter la France, cette nation poussiéreuse où les vieux décident de tout pour les jeunes, et de partir ainsi pour des pays plus exotiques et plus originaux. Elle en a assez entendu. L'infirme veut lui soustraire sa fille unique pour la conduire dans des contrées lointaines et inaccessibles dont elle reviendra percluse de maladies tropicales. Comme elle ne veut ni montrer sa colère ni pleurer, car elle pleure plus facilement encore que les actrices de cinéma, elle ricane devant la provocation. Cet infirme ne semble pas percevoir ses propres limites. Quand elle apporte le fromage, qui ne sera pas suivi d'un dessert, elle est parfaitement rassérénée. Une fois qu'il sera parti, elle aura tout le temps nécessaire pour convertir sa fille à ses vues et l'encourager à oublier ce garçon, dont la tête et le tronc alléchants sont posés sur deux inconvénients majeurs.

On sert le café au petit salon dans une ambiance particulière. Chacun est ailleurs. Lui est résolument ivre et il en profite pour s'accorder un peu de bien-être, la mère sûre de parvenir à ses fins goûte son triomphe futur, le père s'ennuie et se demande ce qu'il doit penser du jeune homme, sachant qu'on ne lui demandera pas son avis. Le café bu, il est temps de prendre congé, ce qu'il fait sans tarder. Il remet son imperméable qui n'a pas séché. Dehors il pleut toujours, des trombes, alors elle lui propose un parapluie, mais la mère porte l'estocade en demandant dans quelle main il pourrait le prendre. Il salue sans chaleur, mais pas comme celui qui se promet de ne pas revenir. Au contraire, il reviendra, pour imposer sa loi.

La porte est à peine refermée que la mère se met à pleurer. Elle attend que sa fille ait pénétré dans la cuisine, les dernières tasses en main, pour lui dire ce qu'elle a sur le cœur. La « chose », c'est le terme qu'elle emploie pour évoquer l'infirmité, ne se reproduira pas une seconde fois dans la famille. Malgré tout l'amour qu'elle porte à son mari, il n'en est pas question une seule seconde, elle doit oublier cet homme, là, maintenant, immédiatement. Si on fait bien le compte, objectivement, qu'on met la sensiblerie de côté, il n'a pas grand-chose pour lui. Son côté volontaire ne vaudrait que s'il avait les moyens de sa volonté, ce dont elle doute fort. Mais, comme si elle avait conscience que ses arguments de mauvaise foi ne suffisent pas, elle se remet à pleurer, pour être certaine de bien exprimer le chagrin et le désespoir que lui causerait cette union inappropriée. Elle revient sur la réalité de la vie avec son père. Elle lui a sacrifié sa vie depuis l'âge de dix-neuf ans et elle n'en a pas le moindre regret, mais l'union de ce jeune homme avec sa fille la renvoie à ce qui deviendrait subitement l'échec de sa propre vie et elle ne pourrait le supporter. D'ailleurs, c'est clair, elle ne le supportera pas. Tout est dit, elle n'a plus d'arguments, elle s'apaise, sa fille ne répond pas, elle n'a même aucune expression indiquant ce qu'elle pense de ce déferlement émotionnel typique, à la dramaturgie très calculée. Elle retourne s'asseoir près de son père. Il se tait, c'est l'heure de la sieste.

Celui que sa femme appelle « papa » entend bien profiter de l'élan que lui a donné le bourgogne pour laisser les rêves prendre la main sur son esprit. Ce qu'il a pensé du jeune homme qu'on lui a présenté, il n'a pas grand-chose à en dire. S'occuper d'un infirme militaire c'est un devoir, en quelque sorte, se dévouer à un infirme civil c'est un choix. Rien ne l'oblige à partager durablement le destin de ce garçon, mais après tout c'est une histoire de sentiments. Voilà ce qu'il pense, mais il n'en dit rien, ce serait trop long, trop fastidieux alors que la sieste l'appelle. Demain il retournera au travail près de l'Opéra. Il lui faut être en forme car il fait une grande partie des seize kilomètres qui le séparent de son bureau à pied, canne en main. Il prend le bus mais s'évite le métro, où il lui faut endurer le regard des autres, ce regard qui est à lui seul un témoin de l'histoire de France récente. Il se souvient de la compassion des premiers mois qui ont suivi la fin de la guerre de 14, compassion souvent insistante et presque dérangeante parfois. Lui ont succédé, le temps passant, l'indifférence et parfois la moquerie, dissimulée ou ouverte, avant que ne vienne l'Occupation. La dernière fois qu'il a pris le métro, en 40, un officier allemand s'est levé pour lui céder la place. Il n'est jamais retourné dans ces profondeurs de la ville où la promiscuité en dit parfois trop, et trop brutalement, sur ses contemporains. Alors il marche. Il aime marcher, comme il aime fumer, comme il aime faire des patiences en solitaire. Là-dessus il est intraitable, pour le reste il est ouvert, surtout aux banquets entre gueules cassées où aucune pudeur ne résiste à la joie de survivre. Il aime sa fille. Il l'aime tellement qu'il ne se rend plus compte qu'il cède à toutes ses volontés, même si elle est loin d'en abuser. Elle n'a rien d'une enfant gâtée.

Meno, qui préfère ce diminutif à Germaine, son vrai prénom, s'agite pour faire disparaître les traces de ce déjeuner regrettable. Pour elle aussi, le mieux est de ne plus en parler. Elle fait comme si sa fille avait compris la leçon, elle lui sourit en continuant à laisser couler ce qu'il faut de larmes pour l'attendrir. C'est tout le malheur de son existence qu'elle a déballé d'un seul coup. Cette gaieté qu'elle affiche si volontiers n'est peut-être qu'une façade, une façon de donner le change, alors qu'elle souffre profondément. Pourtant, lorsqu'elle chante d'une voix qui ferait trembler les murs de l'Opéra, ou lors des cérémonies d'hommage aux gueules cassées où elle parade devant les invités d'honneur, elle semble si radieuse. Elle aime le monde, le grand monde, mais les moments où elle le fréquente sont exceptionnels. Le reste du temps, elle souffre un peu de sa petite vie entre sa fille unique et son grand invalide. Son aptitude à la joie et au bonheur est régulièrement interrompue par les accès d'une profonde mélancolie qui remonte à son enfance.

Son père, Abraham Skowronek, est mort noyé lors de la crue de la Seine, en 1910, alors qu'elle avait six ans. La paternité de Skowronek a toujours fait l'objet d'un doute. C'est en tout cas ce qu'elle laisse entendre. Elle s'imagine plutôt, surtout quand ça l'arrange au vu des circonstances historiques, que son vrai père est l'amant de sa mère, qui a toujours manifesté à son égard une affection si intense qu'elle ne pouvait être que paternelle. C'était une façon de couper tout lien de sang avec le disparu qui lui a laissé, pour tout héritage de sa vie abrégée, un nom juif à l'état civil. Un héritage d'un poids d'autant plus considérable que, malgré ce nom, sa mère, qui n'a pas la fibre maternelle et qui préfère s'occuper de sa guinguette des bords de Marne, a quand même trouvé le moyen de la mettre en pension dans une institution catholique, dont elle ne sortira que pour épouser le cousin de sa meilleure copine de classe. Cette dernière, la voyant seule les fins de semaine, l'invite dans sa famille, qui n'est pas rebutée par son nom polonais. On lui montre, parmi d'autres, des photos de ce cousin avant la guerre. Il a fière allure, un visage bien dessiné, de beaux yeux verts pénétrants et un air de supériorité modeste. Elle s'éprend de lui sur les photos sans rien dire. Il est le seul homme célibataire de cette famille, qu'elle considère déjà à de multiples égards comme une famille d'accueil. Elle sait se rendre aimable et a toutes les qualités pour être sincèrement aimée. Mais, il faut l'avouer, elle a hâte de juxtaposer un nouveau nom à son prénom et d'en finir avec ce patronyme juif qui, dans cette période d'entre deux guerres où l'antisémitisme connaît son apogée, fait peser sur elle un lot insoupçonné de railleries, de quolibets, de suspicions, voire d'insanités. Elle s'imagine que bien des raisons qu'elle ignore doivent justifier cet acharnement qu'elle cristallise parfois, étonnée d'être l'objet d'une haine aussi viscérale. Mais ses amies l'entourent et la protègent assez pour la soulager de cette pression intenable pour une jeune fille seule qui ne connaît rien de ce peuple honni auquel on lui reproche d'appartenir. Le jeune homme qui apparaît devant elle, lors d'un déjeuner dominical auquel elle a été une nouvelle fois conviée, n'offre plus qu'une vague ressemblance avec les photos qu'elle a vues. Il est amaigri par cinq années d'hôpital au Val-de-Grâce, où des chirurgiens dans un premier temps hésitants ont essayé de lui reconstruire une identité, celle de son visage. Mais il faut admettre qu'ils ont échoué à remplir cette face dévastée par un éclat d'obus de taille suffisante pour avoir emporté tout ce qui se situait entre le menton et le haut du nez, ce qui veut dire qu'il n'a plus de mâchoire supérieure, ni de palais, et que sa langue flotte dans un espace abandonné qui résonne encore des douleurs passées. De ces détails au sujet de son prétendant, elle ne connaît encore rien. Les blessures dont on lui a parlé sont dissimulées derrière un rideau noir, un bandeau, un masque attaché derrière les oreilles. Lors de leur première rencontre, ils échangeront des regards mais pas un mot, il évite de parler pour ne pas incommoder son entourage, comme il évite encore de manger en public.

Sans ses médailles et la gloire qui les accompagne, il serait un paria, un invalide encombrant. Mais la perspective de son sacerdoce pour ce héros incontestable la grandit. La raison a-t-elle fait plus pour leur rapprochement que des sentiments vraiment amoureux, peu importe, car ces derniers finiront par habiller leurs souvenirs. Toutes les concessions qu'ils font l'un et l'autre à leurs rêves d'adolescents vont les souder. Se seraient-ils alliés dans d'autres circonstances ? On ne le sait pas. Ce qui est certain, en revanche, c'est que lui prend conscience que sa femme a, dans le monde qui se dessine, la fragilité de ses origines, même si elle est désormais à l'abri derrière un nom français, Fournier, aussi vieux que répandu. Il reste prudent. Être la femme d'un officier français hautement récompensé ne servirait à rien devant ce mélange de méticulosité et de rage qu'ont les nazis à persécuter les juifs. La haine repose sur une bureaucratie redoutable dont on peut penser que les serviteurs, une fois morts, laisseront aux insectes chargés d'achever leur décomposition plus de papier que de matière cérébrale. De là est venue l'idée d'une maison en Bretagne pour le temps de l'Occupation, loin des passions parisiennes à éteindre un peuple.

Meno s'en veut d'avoir évoqué devant sa fille la difficulté de vivre avec son père, à qui elle doit d'avoir été protégée de l'étoile jaune, de la rafle des juifs. De tout cela, elle n'a rien vu. Et elle le lui rend chaque jour qui passe par une attention constante.

Pourtant, son mari va s'opposer à elle dans une brève et saillante sortie, peu après le départ de l'infirme. Il entend que sa fille fasse ce qui lui convient. Au diable la jambe morte. C'est un jeune prometteur, qui ne manque pas de caractère. C'est un ingénieur, comme lui, et l'avenir est aux ingénieurs.

Sa mère, un torchon entre les mains, écoute et ne dit rien. Sa capitulation prendra plus de temps, mais déjà, mis à part des arguments qui par ricochet pourraient blesser son mari, elle n'a rien à dire qui vaille de contrarier durablement sa fille.

Ses parents semblent convaincus, mais il n'en reste pas moins que l'accueil a été blessant et qu'il pourrait, dans un sursaut de déception et d'orgueil, tirer un trait sur leur relation.

Elle en est malade, au point de le rejoindre à la Cité universitaire sous la pluie battante. Elle le trouve assis sur son lit, les jambes allongées l'une par-dessus l'autre, un cahier posé devant lui, un crayon à la main.

Pendant un long moment il ne dit rien. L'attitude de la mère l'a blessé, mais il comprend cette réticence : le retour de l'infirmité pourrait se voir comme une malédiction. Elle a ressenti une nouvelle fois à quel point l'amour de sa mère pouvait être pesant. Lui n'a pas l'intention qu'elle interfère dans leur relation, jamais, et il le dit sans ambiguïté, il n'a pas fait tous ces efforts pour perdre sa liberté retrouvée sous la coupe d'une belle-mère. Les choses sont limpides, d'un côté comme de l'autre : si fortes que soient leur affection et leur reconnaissance pour leurs parents, ils ne les laisseront pas guider leurs pas. C'est là le fondement de leur alliance, de l'égoïsme de leur couple qui va sceller leur comportement pour toujours.

Le déjeuner de la réconciliation a lieu deux mois plus tard en présence de l'oncle, de la tante et du cousin. Elle a décidé de l'emmener voir *Jour de fête* de Jacques Tati au cinéma après le repas. La première rencontre avec un cinéaste qu'il va vénérer. Pourtant elle n'aura pas lieu ce jour-là. Les anciens de 14 ont dégainé les liqueurs en fin de repas, dans la tradition de ces déjeuners interminables qui commencent par la dispute politique pour finir dans la concorde des vapeurs d'alcool. L'Union soviétique vient de faire exploser sa première bombe nucléaire, obligeant Truman à réarmer, la Chine consacre Mao, et un peu partout à l'Est on fait le ménage parmi les grands propriétaires, en les exécutant et en déportant femmes et enfants. Mais pour l'oncle et le cousin, ces nouvelles ne peuvent émaner que d'une propagande insidieuse. Ce qui est sûr, c'est que le découpage de l'Allemagne est officialisé, et que personne ne se plaindra de voir le monstre débité en morceaux.

Le cousin Pierre mange comme quatre et laisse son père

vanter les mérites du communisme, dont lui-même commence déjà à douter. Il est insaisissable. Rien ne le prédestinait à devenir un héros mais, poussé dans le dos par son père et la perspective du travail obligatoire, il s'est engagé dans la Résistance. Il n'en dit rien, mais ce qu'on murmure c'est qu'il a commandé un réseau chargé d'informer les Anglais sur les mouvements de sous-marins allemands à Bordeaux. Après l'« incident » de Caluire, qu'il a miraculeusement évité, alerté au dernier moment alors qu'il franchissait le pont de la Guillotière, à Lyon, en portant une valise de billets de banque destinés à Jean Moulin, il a été envoyé en Gironde. Son travail d'infiltration de la base sous-marine lui a valu d'être décoré par le roi d'Angleterre. Il avait trouvé le moyen de prédire les sorties de sous-marins en fonction des mouvements d'approvisionnement en nourriture. Une hausse brutale des achats de pommes de terre préfigurait un départ imminent. L'information transmise aux Anglais permettait de les attaquer en sortie de rade, avant leur immersion dans l'océan. Il se disait également que le jeune homme, au moment où le grand chef de la Résistance à Bordeaux avait imaginé pactiser avec les Allemands contre la menace communiste, avait participé à son exécution, et à celle de sa femme, sur ordre de Londres.

Le regard de Pierre, agile mais souvent tragique, détone dans son visage de bon vivant. L'essentiel de lui-même est resté dans la clandestinité, et les petits arrangements du quotidien ne le concernent que de très loin. Il a peiné à revenir à cette vie dite normale, celle d'un jeune homme à peine sorti de son école. La société nie cette expérience qui l'a fait vieillir prématurément. Quatre ans ont passé et la fiction d'une France combattante où chacun a pris sa part est désormais une vérité historique. Pierre en sourit. Il a déjà quitté l'entreprise dont ses diplômes supérieurs lui avaient ouvert les portes pour se mettre à son compte dans le négoce international de tissu, avec, comme premiers gros clients, des Allemands. La femme assise près de lui, un turban dans les cheveux, la mine plutôt blafarde, le nez légèrement crochu et l'air pincé, est une normalienne communiste qui, pendant la guerre, a caché Pierre assez longtemps pour qu'ils couchent ensemble, sans en avoir vraiment envie, mais il est des circonstances qui favorisent les rapprochements éphémères. Celui-ci, cependant, ne le sera pas. À la fin de la guerre, son père a rappelé le cousin à ses devoirs et il l'a épousée, un peu malgré lui. Ils n'auront jamais d'enfant, mais ils ne le savent pas encore.

Il a encore trop bu et il a besoin de l'épaule de la jeune femme pour marcher dans la rue. *Jour de fête* ne sera pas pour aujourd'hui, le cinéma où le film est projeté est trop loin, ils ne seront pas à l'heure. Mais une autre salle obscure projette *Au grand balcon* d'Henri Decoin. L'aventure de l'Aéropostale, les débuts épiques de cette entreprise insensée, c'est une aubaine pour égayer un morne dimanche après-midi. Il est flatté qu'elle lui trouve des airs de Georges Marchal, le grand rival de Jean Marais. Toulouse, l'Espagne, le Maroc, le Sénégal et plus tard la route de l'Amérique du Sud, par-dessus les mers, dans cette nasse de nuages turbulents qu'on appelle le Pot au noir, l'épopée de l'Aéropostale fascine encore. Les grandes aventures sont dans le ciel désormais. Il se serait bien vu piloter, mais il faut deux jambes pour cela aussi. Restent les rêves d'outre-mer qu'ils partagent, une ligne d'horizon où se rejoignent toutes leurs ambitions.

Quelques semaines plus tard, ils reprennent le train de leur rencontre, en sens inverse. Elle ne l'a jamais vu aussi préoccupé, tendu. Au moment de la correspondance il a trébuché, s'est étalé de tout son long sur le quai. Il a éconduit ceux qui se sont pressés pour l'aider à se relever : tant de fragilité d'un coup mise à nu, cela lui est insupportable.

À la descente du bus, elle découvre le village des origines de celui qu'elle aime. Il lui ressemble, mais elle ne saurait pas dire en quoi. Elle redoute un peu la rencontre, il l'a prévenue, rien ne dit que ça se passera bien. Quand ils pénètrent dans la maison, les parents ne sont là ni l'un ni l'autre. Ils vaquent à leurs occupations ordinaires. Marguerite est à l'église. Le Bosco est aux champs, au retour il s'autorisera quelques détours, prétextes à se faire offrir autant de bolées et, quand le jour déclinera, il rentrera comme si de rien n'était. Marguerite arrive la première et sert du « madame » à la jeune femme, lui montre sa chambre, à l'étage, loin de celle de son fils, bien entendu. Elle lui a fait enlever ses chaussures et lui a prêté une paire de pantoufles recouvertes d'un écossais bleu, comme un bout de kilt, avant de la précéder dans l'escalier en bois ciré du matin. Un couloir étroit les conduit à une chambre spartiate. Un christ en majesté surplombe un lit d'ange avec une tête grossièrement sculptée. Une serviette pliée en carré est posée au pied, sur la couverture. Observant une succession de petites attitudes hostiles à son égard, elle comprend que cette femme dont elle va prendre le fils ne pourra, au mieux, que la tolérer. Le vieux ne fait pas mieux quand il rentre et s'adresse à son fils en breton exclusivement, comme si elle n'était pas là.

Elle n'est pas de leur monde, et ils le lui disent sans précautions oratoires. Un peu comme si ce fait rédhibitoire empêchait de l'apprécier en tant que personne. Son milieu la disqualifie, d'autant plus qu'elle a, selon eux, les manières de cette classe sociale fantasmée qu'ils n'ont jamais approchée. Leur fils a beau expliquer que sa haute société à elle n'est pas si haute que ça, c'est toujours trop haut pour leur faculté d'adaptation.

Il leur en veut de cette étroitesse d'esprit. Habitué à se lever aux aurores, il les attend au petit matin pour une explication. Mais il n'y a rien à expliquer, ils esquivent, avant d'avouer qu'ils auraient préféré quelqu'un de moins parisien et de moins bourgeois, qui leur ressemble, et qu'ils ne croient pas à l'avenir de cette relation. Il dit et répète que leurs différences ne sont qu'apparentes, qu'ils s'accordent en toute chose, les parents restent sur leur position, lui prédisant un échec cinglant. Il leur demande pourquoi eux qui ont tant sacrifié pour qu'il fasse de hautes études refusent à présent qu'il accède à d'autres perspectives. Ils comprennent cela, mais le prix d'une alliance avec une famille dont ils s'imaginent qu'elle va les toiser est trop élevé. Ils redoutent de rencontrer ses parents, de se montrer à eux tels qu'ils sont, de pauvres gens qui ont trimé sans relâche pour se maintenir à flot, sans éducation ni conversation. Et puis les autres voudront certainement un grand mariage et ils n'ont pas le premier sou pour y participer.

Il découvre à quel point ses parents sont obtus et que les épreuves peu communes qu'ils ont traversées ensemble n'ont rien fait pour les assouplir.

Le dimanche, ils s'en vont à la messe avec Marguerite. Le Bosco préfère rester à nourrir ses lapins de la luzerne fraîche qu'il a coupée sur la hauteur au petit matin. Marguerite sent déjà le vin et l'un comme l'autre l'ont remarqué. Il lui fallait ça pour accepter de se montrer avec cette fille de Paris, moins devant Dieu que devant les autres paroissiens, dont les conversations, pour sûr, vont se nourrir de cette apparition. C'est un peu comme si elle faisait la moitié du chemin qui conduit son fils à l'autel. Elle revient de l'office contrariée, prétexte à se servir une rasade de vin en douce. Un dernier déjeuner, pense-t-elle, et puis ils vont s'en aller. Assez longtemps pour que son mari et elle oublient tout ça et reprennent leurs habitudes, se referment sur eux-mêmes et ceux qui leur ressemblent. C'est certain, en poussant leur fils à faire des études, ils n'avaient pas imaginé que cela le conduirait à changer de monde, à lui donner des facilités qu'ils n'auront jamais.

Le départ se fait sans effusions. Dans le bus du retour, il ressent un énorme soulagement, qui fait vite place à la tristesse. Il ne trouve pas les mots pour excuser la façon dont ils l'ont traitée. Elle le sent, et loue au contraire les efforts qu'ils ont faits pour la recevoir. Elle est décidée à en garder un bon souvenir. Plutôt que de les blâmer, elle cherche à les comprendre.

Mais il reste un profond sentiment de détresse lié à l'alcoolisme de sa mère. Il a vu dès le premier jour que son visage commençait à en porter les stigmates.

Pour la première fois, quitter ses parents le soulage et il s'en veut car il leur doit tant.

Est-ce dans ce train, ou un autre, plus tard, qu'ils fomenteront leur plan ? Leur histoire ne le dit pas. Ils espèrent passer entre les gouttes d'un nouvel orage qui se prépare, d'un nouveau conflit qui viendrait ruiner leur projet.

La menace est loin d'être imminente, mais celui qui observe attentivement la scène internationale voit se dessiner les contours d'un affrontement général entre l'URSS et la Chine, d'un côté, qui viennent de signer un accord, et les Alliés de l'autre, les États-Unis et les pays dont l'argent déversé à flots a fait des vassaux à leur insu. La bombe atomique peut-elle empêcher l'affrontement final ? Chacun a en tête qu'on joue à quitte ou double. Mais, en attendant l'apocalypse que les plus pessimistes pressentent, la guerre d'influence continue, soigneusement entretenue par les uns et par les autres. Les grandes puissances coloniales voient leurs empires se fragmenter. Les assauts sont menés, pour la plupart, par des forces armées par le bloc communiste, qui voit ainsi l'opportunité d'étendre son idéologie, et plus encore d'accéder à des matières premières, pétrole, minéraux, dont il espère bien priver les Occidentaux, lesquels accélèrent leur développement sous l'impulsion américaine.

Les puissances coloniales ont conquis le monde pour se créer une position, s'approprier des richesses, imposer un modèle de civilisation en même temps qu'un système de domination. Les dégâts sont considérables car partout où elles se sont imposées, elles ont rompu un temps précieux, celui de l'évolution, et saccagé des valeurs ancestrales désormais fragmentées et réduites au folklore. La France appartient à ce concert de nations impérialistes portées par la mission de faire accéder les peuples à une modernité, leur modernité, qui associe un confort de vie au culte de l'objet, de l'appropriation, de l'accumulation.

On peut ramener la colonisation à des considérations idéologiques de prétendu progrès, mais ce serait oublier les opportunités qu'elle a offertes à bien des intérêts, sans parler des rêves et des illusions qui continuent à se propager en France en cette année 50, alors que l'Indochine est en guerre pour nous chasser, une guerre qui ne finira que vingt-trois ans plus tard, après que les États-Unis en auront fait un symbole de leur lutte contre le communisme.

Ce nouveau conflit fait naître chez les jeunes Français la crainte de l'incorporation et la peur d'aller mourir loin de tout, pour une cause perdue d'avance, même si on tente de la réanimer par des discours géopolitiques sur la percée du collectivisme. En cinq ans, soixante-quinze mille jeunes iront mourir là-bas.

Elle l'emmène à Moussy, chez les gueules cassées, sa

deuxième famille, où des dizaines d'hommes, pour qui les enfants ont été un symbole de renaissance, l'appellent par son prénom. Le château se remplit lentement des blessés d'Indochine. Une occasion pour lui de se considérer comme un privilégié à qui on épargne ces guerres coloniales.

Pourtant, il voit dans les colonies et les territoires associés la possibilité de partir, de s'évader de leurs familles et du ronronnement de leur malaise. Ils en parlent dans sa chambre de la Cité universitaire comme de l'unique opportunité de s'offrir un grand voyage, sans se heurter aux limites que lui impose cette démarche chaotique et douloureuse qui ne s'accorde avec aucune forme d'aventure. Ou alors, il faudrait imaginer un autre pays, une autre langue. Pourquoi pas les États-Unis ?

Ils se les représentent trop brutaux, et ils n'ont pas tort, le rêve américain est une vitrine qui cache une arrière-boutique sombre. Le Bosco, sur les différents bateaux où il a servi, a pris le temps de parler avec ces Noirs auxquels les Blancs n'adressaient même pas la parole avant de les envoyer à la boucherie. Ils ont compris qu'il fallait qu'un Blanc soit étranger pour échanger avec eux sans arrière-pensées. L'histoire de l'Amérique est celle d'une ancienne colonie européenne devenue première puissance mondiale. Une colonie où la question des natifs s'est réglée par l'extermination pure et simple. Les salles de cinéma de l'époque sont inondées de westerns qui tentent maladroitement de justifier l'épuration de la nation indienne. À ce crime original, il faut ajouter l'importation d'hommes et de femmes à seule fin de faire prospérer le Sud. Nier aux esclaves la qualité d'êtres humains, ajoutant l'humiliation à l'exploitation, les Sudistes y sont parvenus, suffisamment pour faire douter les Noirs des avantages d'appartenir à la même espèce qu'eux.

Mais pour des Blancs venus d'Europe, les opportunités ne manquent pas, en particulier pour ceux qui font abstraction d'inégalités flagrantes et entretenues, prétendument gommées par une liberté d'entreprendre réservée à une population blanche éduquée. Ces inconvénients dépassés, la réussite matérielle paraît s'étendre à l'infini, comme ces fortunes exposées à la face du monde qui sont autant de trophées de la réussite du seul modèle qui vaille.

Mais eux n'ont rien à fuir, et certainement pas ce pays auquel, malgré ses défauts, ils savent ce qu'ils doivent. Ils veulent s'évader puis revenir, leur intention n'est pas d'émigrer, surtout pas chez ces Anglo-Saxons dont le rapport obsessionnel à l'argent les indispose.

Les déjeuners du dimanche se multiplient et il s'y joint de bon cœur, c'est la seule occasion qu'il trouve de manger vraiment à sa faim. Et puis l'oncle communiste représentant en vins ne manque jamais l'occasion d'apporter une bonne bouteille, qui s'ajoute à celles de la cave de ses beaux-parents. Le cousin Pierre et sa femme les rejoignent systématiquement pour former le cercle d'une petite famille. Ils sont d'autant plus proches qu'ils savent maintenant qu'ils ne pourront pas en fonder une eux-mêmes. Des oreillons contractés à l'adolescence ont rendu le cousin stérile. Depuis que la nouvelle est tombée, sans appel, la cousine s'est forgé un personnage de femme libérée de la charge de la maternité, mais cela crée comme une gêne, parce que personne n'est dupe. La conversation ne vient jamais là-dessus. Elle l'engage souvent en mettant la barre très haut, pour assister à l'essoufflement de son audience, devant son mari toujours fier d'avoir épousé une intellectuelle, lui qui est avant tout un pragmatique. Ce jour-là, c'est de la grâce de Céline dont elle parle. L'auteur remarquable, condamné à l'exil pour la façon dont il s'est aplati devant l'ennemi, et ses thèses pestilentielles, s'agissant des juifs en particulier, qui relèvent d'une forme particulière de pornographie littéraire. Sur Céline, qu'aucun des autres convives n'a lu, pas plus ses grands livres que ses textes infamants, personne n'a vraiment d'opinion, sauf Pierre qui l'aurait passé par les armes. Personne n'ose l'idée que le traumatisme du carnage de 14 soit à l'origine de son délire paranoïaque. La cousine, pourtant ancienne résistante, décrète que seule compte l'œuvre, dont le propre est de transcender celui qui la produit. Il en va de Céline comme de Hamsun, le Prix Nobel norvégien, complaisant avec le Reich sur ses vieux jours.

L'oncle, qui ne lit rien d'autre que *L'Humanité*, ramène la conversation sur le sujet de l'épuration. Pour lui les Américains ont œuvré en sous-main pour l'éviter. Quelques rares têtes sont symboliquement tombées, mais aucune des grandes administrations de la collaboration n'a été nettoyée. Pas plus la préfectorale que la police, la gendarmerie et la justice, dont les huiles comme les sous-fifres conservent leur place. Comme en Italie et en Allemagne, on épure en façade. Les vrais responsables de la tragédie mondiale n'en reviennent pas de l'impunité dont ils jouissent et se demandent si on ne les a pas oubliés. Nuremberg a fait le spectacle avec son premier procès pour crimes commis contre l'humanité, mais la plupart des membres des commandos assassins se sont recyclés dans des emplois publics respectables, et ont retrouvé une étonnante normalité. Au fond, ces êtres sans personnalité ne savent qu'obéir, et ils le font scrupuleusement, quel que soit l'ordre. On croirait qu'un voile du pardon est descendu sur ces âmes fétides. Mais, l'oncle le dit, de Gaulle et ses successeurs n'ont pas été les derniers à être obéissants : c'est Roosevelt qui a décrété, bien avant la fin de la guerre, que l'épuration retarderait la remise sur pied des administrations, des industries stratégiques et le relèvement de l'Europe de l'Ouest en la privant de son élite. En Allemagne, par exemple, il était difficile de ne pas supprimer le nom d'IG Farben, le chimiste de la mort, mais l'entreprise Bayer, qui a pratiqué des expériences atroces sur des femmes juives, a continué à prospérer. La priorité est à la reconstruction face au bloc de l'Est menaçant et l'Allemagne concentre apparemment l'essentiel des efforts pour faire revivre cette Europe moribonde. L'oncle s'insurge contre de Gaulle et consorts, qui ont échangé l'aumône du plan Marshall contre l'honneur de la nation. *L'Humanité* en main, il cite un chiffre incontestable, l'aide du gouvernement américain au titre du plan Marshall cette année représente moins de 5 % du budget de la France, qui en a profité pour augmenter de près de 60 % son budget militaire, pour financer la guerre d'Indochine et d'autres conflits à venir qui pourraient découler de la guerre en Corée. Le grand invalide, gaulliste de la première heure, ne trouve pas grand-chose à redire à cette analyse dont le principal défaut est de faire l'impasse sur la conception de l'épuration développée par Staline, qui exécute et déporte des millions de gens. Mais on n'en sait pas tant que cela encore sur les pratiques du petit père des peuples à trois ans de sa mort. On n'imagine pas que son cerveau malade de dictateur prépare une déportation des juifs d'URSS.

Ils sont trois autour de la table à être communistes dur comme fer. La tante l'est plutôt par alliance, et sa bonté l'empêche de toute façon de voir le mal où que ce soit. Elle vit un bonheur extatique depuis que Pierre, son fils unique, est revenu de la guerre sain et sauf quand tant de fils de camarades ont disparu. Elle distribue des sourires affectueux et complices, particulièrement à son frère, le grand invalide qu'elle vénère et qu'elle avait cru perdu, lui aussi, quand il est revenu en 15 du front, le visage en lambeaux. La cruauté du siècle semble glisser sur elle et, quand le ton de la conversation monte, chacun se tourne vers elle pour chercher l'apaisement de ses yeux rieurs.

On a oublié sa jambe et on ne voit plus qu'un jeune homme intelligent, droit et susceptible. La cousine l'intrigue parce qu'elle a tout lu, tout retenu. Qu'elle en tire un sentiment de supériorité ne le dérange pas car il a compris que c'est un rempart derrière lequel elle cache sa propre fragilité et la difficulté qu'elle a de vivre en société. Ils en viennent à discuter et à échanger librement. Il se crée entre eux un lien de considération réciproque. Il en va autrement avec son mari, Pierre, qui se cache derrière une bonhomie excessive. Il ne parle jamais directement de lui, de ce qu'il fait, de ce qui l'anime, il reste discrètement dans son monde. Une vingtaine d'années plus tard, une grave surdité lui servira de prétexte pour prendre encore plus de distance avec les autres.

Pierre a pour sa cousine une affection débordante, elle est la sœur qu'il n'a pas eue, il l'a affublée d'un surnom que lui seul utilise, et il est un peu jaloux du Breton, qui perturbe la complicité particulière héritée de leurs jeunes années quand, enfants uniques, ils vivaient côte à côte. Le Breton va pour sûr l'éloigner de lui. Le communisme familial ne l'a pas élevé à la spiritualité, et il trompe son ennui en gagnant de l'argent et en multipliant les conquêtes. Il trompe sa femme, il trompe le communisme, comme il a lui-même été trompé par une société qui portait d'autres promesses que les petits arrangements et les impostures d'aujourd'hui. Il passe désormais la plus grande partie de son temps en Allemagne, en Suisse, en Italie mais ne rate jamais le déjeuner dominical, qui a souvent lieu chez ses parents, dans une maison strictement identique à celle du grand invalide et de Meno, qu'il aime profondément. Il joue l'équilibriste dans cette double vie de communiste bientôt millionnaire, et de fils idéal débauché. De tout cela il ne parle qu'à sa cousine, en lui demandant de ne rien en dire à son compagnon, une façon de l'obliger à ce lien exclusif qu'il veut à tout prix garder, car il a bien des associés dans ses affaires, mais pas d'amis. Bardé de médailles qu'il n'a jamais portées et dont il n'a jamais fait mention, il s'achète une voiture allemande, une Mercedes blanche que tout le monde remarque à cette époque où la 4CV reste un luxe inaccessible pour beaucoup. Lui si maigre pendant la guerre se plaît à grossir exagérément.

On parle de mariage, un aboutissement rassurant pour ses parents à elle, la perspective d'un calvaire pour Marguerite et le Bosco, qui devront se rendre pour la première fois à la capitale et tenter de se fondre dans un milieu qui n'est pas le leur.

Du grec *pedon*, qui désigne le sol, et *logos*, son étude. Il choisit, en fin d'études, cette spécialité qui ne fait rêver aucun de ses camarades. S'ils comprennent sa spécialisation dans le nucléaire pour la physique, celle en pédologie pour la chimie leur paraît d'autant plus obscure qu'il évite de se justifier, comme s'il s'agissait là d'un secret. L'étude des sols, de leurs constituants, de leurs propriétés biologiques et des applications qui en résultent en termes de fertilité ne sont pas la priorité des étudiants, qui bâillent à l'évocation de cette discipline proche de l'agriculture. Il y a beaucoup mieux à faire dans les minéraux et dans le pétrole, dont les dérivés plastiques offrent des débouchés considérables alors que la consommation de masse n'en est qu'à ses balbutiements. On recense à peine trois mille cinq cents postes de télévision en France, et la machine à laver le linge a fait ses grands débuts seulement un an auparavant.

Comme beaucoup d'autres Français, il nourrit le sentiment que les États-Unis misent avant tout sur la reconstruction de l'Allemagne. Les Français sont considérés comme plus brouillons, amateurs de querelles intestines jugées stériles par les Anglo-Saxons, et très infiltrés par le communisme. Les Français oscillent entre collectivisme et individualisme avec l'ambition de construire leur propre système fondé sur une économie mixte, à mi-chemin entre libéralisme et dirigisme. La première puissance catholique et laïque d'Europe veut un système qui aime l'argent sans donner l'impression de le vénérer. Ce qui la rend suspecte aux yeux du maître américain, qui lui donne pourtant la plus grosse part du plan Marshall.

Il sait au fond de lui-même que la colonisation est sans grande perspective et que la libération des peuples colonisés va résolument dans le sens de l'Histoire. Mais avant que l'empire ne s'effondre, il veut profiter de l'occasion qui pourrait lui être donnée de parcourir le monde. Il sait que, à cet effet, intégrer l'Office de la recherche scientifique et technique outre-mer est une piste prometteuse. Il a envisagé une stratégie de félin qui consiste à se faire embaucher dans cette structure peu courue, se plier un temps à une vie de bureau en faisant oublier son handicap, avant de demander sa mutation dans l'une des nombreuses colonies ou territoires couverts par cette administration.

Il marche désormais sans cannes ni béquilles et se présente pour une série d'entretiens où il cache ses ambitions profondes. On le verrait bien s'ériger en petite puissance immobile, surveiller de loin le travail de terrain, assurer un minimum de bureaucratie. L'ère de l'intrusion violente des intérêts privés dans l'action publique est à peine ouverte et les scrupules des fonctionnaires à favoriser des puissances d'argent sont encore présents, même si, nécessité faisant loi, les principes sont flexibles. Cet Office s'enroule confortablement dans sa vocation de missionnaire, sans autre bible que des préconisations pratiques visant à aider les populations locales à développer leurs propres moyens de subsistance. Qu'elle soit britannique, française, espagnole, belge ou portugaise, la colonisation a fondu sur des populations qui n'étaient pas préparées à cette intrusion dans leur histoire, dont on a dévié le cours pour l'assécher comme on le ferait d'un fleuve. Ce crime contre des civilisations, assujetties à un rythme d'évolution qui n'était pas le leur, connaîtra son apogée lorsqu'en se retirant des zones dominées les anciennes puissances coloniales procéderont à un découpage insensé, ne tenant compte une nouvelle fois que des intérêts des envahisseurs, qui ne se sont effacés que pour rester présents sous d'autres formes.

Ils n'adhèrent ni l'un ni l'autre à la narration nationale du progrès par la colonisation. Ils n'ont pas cette naïveté et encore moins le cynisme des colons. Mais ils espèrent se faire une place respectable dans ces territoires.

Mais ils doivent attendre qu'elle en ait terminé avec ses études. Cet après-guerre n'a pas connu l'élan féministe du précédent, quand la patrie reconnaissait leur implication décisive dans le conflit du fait de leur participation aux tâches normalement dévolues aux hommes, y compris la fabrication des armes. Pour les récompenser, on a envisagé de leur donner le droit de vote. Mais les différents projets de loi ont été repoussés à six reprises par le Sénat. Elles ont finalement obtenu ce droit en 44, sous l'impulsion du gouvernement provisoire de De Gaulle à Alger. Comme souvent, la France, en avance dans les discours, est en retard dans les faits, et les femmes françaises accèdent au suffrage universel après celles des autres grandes démocraties. On a oublié que le suffrage universel est alors réservé depuis un siècle aux hommes au prétexte que ce sont eux qui portent les armes en cas de conflit. La patrie, c'est la domination hégémonique du père, et partout dans le monde on dénie aux femmes le droit de soustraire leurs enfants à la folie meurtrière des hommes. Il faut, dans les villages silencieux du pays profond, lire les plaques des monuments aux morts de la Grande Guerre, qui ne fut grande que par son ineptie et le nombre de ses victimes : il n'est pas rare de trouver inscrits les uns au-dessus des autres les noms de trois fils d'une même famille. Un siècle après, on refuse toujours d'admettre que la vraie cause de leur mort n'est pas de celles énumérées par les historiens, mais une profonde défaillance de l'âme humaine, une exaltation de la destruction comme il en revient à date fixe.

Elle a vu le résultat de ce patriarcat patriotique, elle a devant elle, depuis sa naissance, ce visage à la Otto Dix qui lui rappelle de quoi les hommes sont capables. Son père, lui, a trouvé à se marier. Une femme veille jour après jour au déclin des forces qui lui restent, une femme qui n'a jamais pu embrasser ses lèvres difformes. Mais des femmes gueules cassées qu'elle connaît, infirmières du front pour la plupart, aucune n'a jamais pu compter sur l'amour d'un homme, pas même sur sa commisération.

Il ne lui a pas caché que, s'il ressent pour le grand invalide le plus grand respect au regard de la souffrance qu'il a endurée, il a en revanche peu de considération pour le combattant qui s'est jeté dans ce conflit, comme des millions d'autres, avec un enthousiasme éperdu, fondé sur quelques idées réductrices sur la sauvagerie de l'Allemand. D'autant plus qu'à y regarder de près, sa femme porte les gènes de ce peuple honni. La grand-mère paternelle du grand invalide n'a-t-elle pas servi de femme de chambre en Bavière au roi fou, celui que Visconti a immortalisé dans *Ludwig* ? Lui-même, un jour de 40 sur un quai de la gare de l'Est, ne verra-t-il pas, en levant les yeux de son journal, son cousin allemand faire les cent pas de l'autre côté de la voie, tout de noir vêtu dans un uniforme de la SS, chaussé de bottes hautes et vernies, l'ensemble de cette silhouette dessinée par Hugo Boss, dont on vendra les vêtements de prix dans les galeries marchandes de cette même gare des décennies plus tard ?

Elle aussi veut céder à l'appel des nouveaux horizons. Il lui faudra toutefois se sacrifier, comme le font encore et toujours les femmes, accepter moins de responsabilités, pour accompagner son mari, qui est parvenu à convaincre ses supérieurs de l'envoyer de l'autre côté des océans. Et ce sera par bateau, cinquante-deux jours pendant lesquels elle ajoute au mal de mer les nausées de la grossesse.

Ils se sont mariés. La rencontre des deux familles les a confortés dans leur projet de les quitter. À la nouvelle de son départ, Meno a failli s'effondrer. Son unique fille part à l'aventure chez les sauvages, avec pour toute protection un homme en équilibre instable sur une jambe. Ils vont la priver de la naissance de son premier petit-enfant, dont Dieu seul sait dans quelles conditions d'hygiène il verra le jour. Elle panique en prenant conscience que sa fille et les espoirs qu'elle fondait sur elle lui permettaient seuls d'endurer ses souffrances de femme de mutilé. Le grand invalide est pincé au cœur de voir partir ce pour quoi il est resté en vie. Mais il n'en montre rien, même si une grande tristesse l'envahit à l'idée d'être séparé de sa fille, qu'il a comblée et qui le comble.

Marguerite et le Bosco ont acquiescé sans rien dire, habitués à ces interminables séparations qui jalonnent leur histoire. Mais ce qu'ils ne savent ni les uns ni les autres, c'est que leurs enfants partent pour une décennie.

À leur mariage, ils ont réuni leurs quelques proches. Les deux amies, celles qui l'ont accompagné au long de ses études, sont elles-mêmes sur le point de se marier, l'une à un médecin qui se prépare à une vie de notable de province sans histoires sous le climat du sud de la France. Il la reverra très peu. L'autre, Michèle, dont il était le plus proche, lui présente Philippe, avec qui elle va partager sa vie. Il a un travail de rond-de-cuir qui assure sa subsistance mais ses centres d'intérêt sont ailleurs. C'est un authentique intellectuel, comme il n'en a jamais croisé. Un homme qui cultive un immense jardin intérieur plein de fleurs et d'épines. Il participe de cette déconstruction de la représentation qu'on a appelée le surréalisme et fréquente ce milieu dont André Breton est le pape. Il fume beaucoup et boit sec. Son travail quotidien ne lui sert qu'à stabiliser un cadre dans lequel se déforme le réel pour le conduire à une écriture que d'aucuns jugeraient absconse, dans laquelle les mots s'enchaînent, hypnotiques. Il écrit le soir, jusque très tard dans la nuit. Les deux hommes, si différents, s'accordent sur l'essentiel, le sens de l'humour, et il naît entre eux une estime bien rassurante, car l'amitié profonde qu'il a pour Michèle aurait pu se perdre au détour de cette nouvelle alliance. Elle restera sa meilleure amie et deviendra plus tard la marraine de son deuxième fils. Ces deux-là auraient aussi bien pu faire couple, mais la chimie qui les a réunis n'a pas agi au point de les fondre ensemble.

Elle, en dehors de Pierre, n'a que deux amies, deux filles de blessés de la face, comme elle. Elles ont en commun une sorte de bonhomie et de gaieté qu'elles tiennent de ces grands mutilés passés trop près de la mort pour ne pas être de bons vivants. Ils ne se refusent rien, ils mangent et boivent bruyamment, ils s'enivrent d'alcool fort, ils ne manquent pas une occasion de chanter, de clamer que leur sacrifice n'a pas été vain, même si la seconde guerre leur a démontré le contraire, raison pour laquelle ils adulent de Gaulle : le Général, de Londres, a fait passer de justesse la France dans le camp des vainqueurs. Le contraire les aurait achevés.

Au mariage, le compagnon de Michèle, le surréaliste, a découvert ces visages qui, d'une certaine façon, relèvent de son mouvement culturel et il en a été fortement impressionné.

Ils vont quitter ces amitiés sincères pour un temps qui paraît infini à l'échelle d'une vie humaine. Ils ont fait ce choix sans s'en ouvrir à d'autres, ils ont cultivé ce projet en secret et ne le révèlent que quand ils sont sur le point de partir.

Le peu de temps qu'il passe derrière un bureau confirme qu'il n'est pas homme à se satisfaire d'un espace clos, en tout cas pour le moment. Il se lève, se rassied, passe d'un bureau à l'autre, monte et descend les étages, prestement, pour convaincre ses supérieurs que sa paralysie partielle est une anomalie sans conséquence et qu'il est apte au terrain, au moins autant que les autres candidats à la scientifique coloniale. Il passe la visite médicale devant un médecin qui remarque que l'inconvénient de cette jambe folle est largement compensé par ses qualités athlétiques. Reste la question de la conduite. Il ne faut pas compter sur les transports collectifs locaux. On peut certes envisager de lui fournir un de ces chauffeurs qui procure aux nouveaux arrivants le sentiment immédiat de leur supériorité. L'idée de cette dépendance lui déplaît et il démontre qu'il est capable de conduire d'un seul pied en débrayant à la main. Ils n'ont plus rien à objecter, si ce n'est qu'ils ne peuvent proposer de travail à son épouse. Ce profil de femme diplômée et, qui plus est, souhaitant travailler, est peu courant.

Mais les jeunes époux se font fort de lui trouver un emploi sur place après son accouchement.

Il va naviguer, pour la première fois de sa vie, confronter son équilibre précaire au roulis et au tangage, s'éloigner vers l'autre bout du monde, le point le plus éloigné qu'il est possible d'atteindre. Personne ne peut lui gâcher ce bonheur. Douze ans plus tôt, tout semblait devoir lui être interdit, mais la combinaison raisonnable de la volonté et de la chance appelée par celle-ci l'a conduit là, sur le pont de ce bateau qui s'apprête à fendre les océans, jusqu'à l'un des coins les plus reculés du Pacifique.

Ils s'étaient promis l'un à l'autre que rien ne viendrait entamer leur détermination, et ils ont tenu bon. Le souvenir de leur récent mariage leur revient avec ses images d'ivresse et de joie profonde, mais leurs mères ont créé une forme de malaise dont tout le monde se serait bien passé. Les pères ont fait ce qu'ils savent faire : boire en silence, sourire des yeux et essayer d'oublier la mélancolie de leurs femmes.

Elles ont cela en commun, cette mélancolie qui les plonge dans d'obscures profondeurs. Toutes deux ont vécu la peur de disparaître. Meno dès ses six ans, quand son père a été emporté par la crue subite de la Seine, dans cette ville dont il avait tant rêvé. Son rêve l'a englouti. Sa mère l'a épousé à son arrivée en France. De lui, on ne sait rien, si ce n'est qu'il avait avant d'émigrer réuni un pécule respectable qui aurait aidé aux sentiments de la mère, rencontrée dans ces guinguettes qu'elle tient en gérance avec une autorité incontestable. Lui qui vient de Varsovie, où la chasse aux juifs terrorise sa communauté, découvre la splendeur, la douceur et les après-midi dansantes. Il s'enivre de cette liberté nouvelle, de ne plus craindre les pogroms, de ne plus être critiqué pour son aisance pendant que ses congénères sont conspués pour leur pauvreté. Cette enfant née sur le tard l'avait comblé, il ne se passait pas un jour sans qu'il s'en réjouisse. Il en allait différemment de la mère, bien occupée par son commerce dominical des bords de Marne, où déferlent tous ces hommes et ces femmes venus chanter, danser et boire. Elle la met en pension la semaine et prend prétexte de la guinguette pour la délaisser le samedi et le dimanche. Sans l'attention de l'amant de sa mère, qui deviendra plus tard son beau-père, Meno dépérirait dans une arrière-cuisine, entre les bouteilles de blanc et les caisses de verres. Son plein éveil à la conscience se fait alors que le grand cataclysme débute, et elle suit la grande boucherie avec ses yeux d'enfant. Tout est fait pour rendre l'époque épique, la gloire submerge la puanteur des cadavres de la tranchée, dont rien ne parvient jusqu'à Paris, mais trop de familles sont touchées pour que leur souffrance ne s'insinue pas en elle. Quatre ans de guerre, puis encore cinq ans de pensionnat plus tard, elle rencontre un de ces grands rescapés passés si près de la disparition. La crainte de disparaître est son obsession. Elle vit la seconde guerre dans la terreur de s'évanouir à son tour, anonyme dans la grande histoire.

Marguerite, elle aussi, a constamment craint de disparaître, aspirée par les profondeurs de la pauvreté. Le Bosco va bientôt rentrer à la maison pour y prendre une retraite méritée mais pesante. Car, sur terre, le marin pèse bien plus que son poids, il pèse de ses souvenirs, il pèse de la liberté des mers et des ports qu'il a laissés derrière lui, il pèse de sa difficulté à s'occuper, de toutes ces actions du quotidien qui ne sont que des préparatifs de départ. La famille du vieux n'est depuis toujours qu'une partie de sa vie, et il doit maintenant faire comme si elle était tout. Marguerite appréhende désormais de le voir chaque jour.

Son aîné va partir. Pis qu'un marin, il a prévu de prendre le large pour des années sans revenir, un marin au très long cours, mais accompagné de sa famille, de sa famille proche uniquement, sa femme et ses futurs enfants. Il laisse sa mère à son frère et à sa sœur. Les enfants ne peuvent pas vivre pour leurs parents, quelle que soit la dette qu'ils ont envers eux.

En France, leur couple fondé sur une dynamique de l'inconnu et des grands espaces n'aurait pas survécu. Une ivresse particulière naît de laisser derrière soi le poids de son enfance, comme si l'on échappait à une partie de nous-mêmes imposée, ancrée, qui influence nos actes et contraint notre libre arbitre.

Cet allègement, ils le dégustent à bord du paquebot qui les emmène. Cinquante-deux jours de fête au milieu de passagers qui, comme eux, partent à l'aventure. Il se crée un lien immédiat entre les membres de cette société éphémère, un lien facile libéré des convenances habituelles. Ils partagent tout, les projets, les illusions, les tempêtes, cette vie hors du temps, sans pression ni lassitude. Elle ne se ménage pas malgré sa grossesse, ils boivent beaucoup, se couchent tard et passent leurs nuits à danser.

Elle ne sait pas que la détermination de son mari l'avait conduit à demander sa mutation jusque dans des zones de guerre, une façon de reprendre à ses concurrents l'avantage qu'ils avaient sur lui. Mais finalement la terre promise ne connaît ni troubles, ni tensions, contrairement à l'Indochine où les soldats continuent à mourir.

Avant qu'il lui en parle, elle aurait été incapable de situer l'île sur une carte. On pouvait difficilement le nommer plus loin. La seule et unique escale aura lieu à Panamá, ensuite il faudra traverser le Pacifique jusqu'à l'est des côtes de l'Australie. Une destination que d'autres prétendants à l'exil ont refusée, à cause de l'éloignement, dix-sept mille kilomètres depuis la France, de quoi effrayer les jeunes épouses qui voient cette destination insulaire comme un saut dans le vide, au milieu d'un océan dont on dit qu'il est essentiellement peuplé de requins.

Des territoires occupés par la France, il est certainement celui qui a été le moins désiré. Il n'a été découvert en Occident qu'en 1774, par l'intermédiaire du célèbre explorateur anglais James Cook, mais il va sans dire que des humains l'habitaient avant cela, depuis trois mille ans. Les Britanniques et les Australiens y ont créé des comptoirs pour le commerce du bois de santal. Convoité parce que rare, ce bois profite des racines des autres arbres pour se développer. Vingt-cinq ans lui sont nécessaires pour produire le précieux duramen, au centre de son tronc, dont le prix avoisine parfois celui de l'or. On le connaît surtout pour son encens qui brûle dans les églises, moins pour la convoitise qu'il suscite, à l'origine de nombreux crimes. Rien ne prédestinait à une présence française dans cette longue île de quatre cents kilomètres si ce n'est le prosélytisme de missionnaires catholiques maristes, dont l'ambition coutumière est d'évangéliser les sauvages, leur faire connaître ce Dieu unique qui tolère tant d'exactions. Apporter la parole de Dieu en Océanie est l'une des missions de cet ordre de Marie nouvellement agréé par le Vatican, qui s'est mis en tête de sortir les Mélanésiens de leurs croyances « loufoques ». Mais les maristes ne sont pas seuls sur l'île à prêcher la bonne parole, des évangélistes protestants venus des îles Loyauté tiennent un autre discours sur ce même Dieu, et on sait d'expérience que des exégèses différentes d'une même foi sont la raison des massacres les plus atroces. Ils n'auront pas lieu. Les maristes infiltrent l'administration de Napoléon, le petit, celui du désastre de Sedan, aidés en cela par quelques fonctionnaires de la marine qui insistent sur les dangers de l'expansion britannique dans la région. Mais les Anglais ont déjà rangé à leur culture et à leurs intérêts l'Australie et la Nouvelle-Zélande, autrement plus considérables, et la prise de la Nouvelle-Calédonie par la France ne suscite aucun émoi particulier.

On aurait pu la nommer du titre d'une nouvelle de Kafka, « La colonie pénitentiaire », car c'est ce qu'elle devient, prenant le relais du pénitencier de Cayenne, en Guyane, dont les détenus sont rongés par des maladies tropicales. Le premier bagne est ouvert en face de Nouméa, en 1864, suivi d'autres bagnes ruraux. C'est donc une population criminelle qui colonise l'île en premier lieu. On a pris soin de s'assurer qu'elle ne reviendrait pas en instaurant la peine dite de « doublage », qui impose de rester sur le territoire après avoir purgé sa peine, pour la même durée que celle-ci.

La colonie pénitentiaire n'est pas seulement peuplée de repris de justice de droit commun, elle regroupe aussi des centaines de communards et des partisans de la révolte de la Grande Kabylie en 1872, premier mouvement d'ampleur contre la présence coloniale française. La France s'enorgueillit d'être le pays de la Déclaration des droits de l'homme, mais elle ne fait pas mieux à cet égard que les autres puissances. Elle transforme progressivement ce territoire en colonie de peuplement rural. Aux bagnards sédentarisés viennent s'ajouter des paysans français de métropole, des Vietnamiens et des Indonésiens sous contrat. S'agissant des populations océaniennes ancestrales, on suit à l'identique le procédé américain reposant sur la spoliation de territoires et la création de réserves où sont cantonnés les natifs privés de droits. Au virage du nouveau siècle, il leur reste à peine plus d'un vingtième du territoire en propriété pour vivre selon leurs traditions. La France accorde aux indigènes le statut de sujets, mais leur refuse la citoyenneté, ce que même les Américains n'ont pas osé faire. Les Kanaks voient leur circulation restreinte, doivent se soumettre à une autorisation afin de quitter leur arrondissement et, pour couronner le tout, ils doivent effectuer plusieurs jours de travaux forcés par an, au profit des colons ou de l'administration. Le code de l'indigénat, code de déshonneur qui organise la privation de droits, enferme ce peuple réputé pour son génie agricole et son culte de la terre sur la portion congrue d'un territoire livré à une population de repris de justice et de paysans faillis. Les prisonniers politiques, eux, retournent systématiquement en métropole. Entre la révolte de 1878 qui tue près de trois mille Kanaks et le reste, tout le reste, y compris les maladies importées, la population indigène chute de 90 % après l'arrivée de la « civilisation » sur sa terre. C'est ce qu'on pourrait appeler une colonisation « réussie ». Les scientifiques de l'administration coloniale se félicitent de l'implantation d'une population résistante, des Européens, en remplacement d'une population fragile, les Mélanésiens. Mais il manque un élément essentiel à l'accomplissement de la submersion ethnique planifiée : des femmes. Celles-ci sont en minorité parmi les déportés au bagne et, à l'exemple de Louise Michel, figure de la Commune et du féminisme, elles regagnent la France une fois leur peine purgée. L'administration tente de combler cette lacune par l'envoi d'orphelines auxquelles on promet un beau voyage et des partis avantageux. Sur place, certains colons ne les attendent pas et frayent avec des Mélanésiennes plus ou moins consentantes pour assouvir leurs désirs. Les enfants non reconnus par leur père sont condamnés à vivre dans la réserve. Ceux qui le sont peuvent accéder à un meilleur statut, mais le brassage ethnique qu'on pourrait escompter de la coexistence de deux populations sur une île au milieu du Pacifique n'a pas lieu.

Le régime de l'indigénat a été aboli depuis six ans quand le couple vogue en direction de ce qui, en photo, a tout l'air d'un paradis, bien que le noir et blanc ne fasse pas justice aux lumières exceptionnelles des plages et de la mer. Mais les lois ne peuvent pas grand-chose contre la force des mentalités. Il faudra encore cinq ans aux Kanaks pour accéder au suffrage universel, qui n'est rendu acceptable que par le déclin de leur population. Aux maladies se sont ajoutés la dépression et l'alcool et l'ironie veut que les autorités en aient été averties par les maristes, chargés de faire l'école dans la réserve. L'assignation à résidence de la population indigène a pris fin en droit mais pas dans les faits.

Que savent-ils de l'histoire de ce lieu qu'ils vont investir pour plusieurs années ? Ils en ont certainement appris une histoire taillée sur mesure pour la bonne conscience d'une nation qui croit aux bienfaits de son œuvre civilisatrice. La Bible encourage ses lecteurs à la domination du monde dès ses premières lignes. Ceux qui l'ont écrite au cours des siècles ont consacré la sédentarité, le droit de propriété qui en découle, et l'exclusion morale du nomadisme. Jamais le Christ, qui vivait de rien, de village en village, n'aurait eu une telle idée, mais le Nouveau Testament se construit sur la confiscation d'une parole. Les chrétiens sont partout chez eux, là où la civilisation doit s'imposer. L'œuvre civilisatrice est le prétexte au vol et à la spoliation. Aucune des grandes nations colonisatrices n'échappe à cette règle, car le vrai moteur de cette entreprise est la convoitise.

Mais, au milieu du XXᵉ siècle, les individus qui tiennent ce genre de propos sont, pour la plupart, liés à une idéologie elle-même plus que contestable. Et que la colonisation ne soit dénoncée que par les communistes, ou presque, affaiblit la portée de la critique.

Ils abordent leur implantation avec légèreté. Le temps limité qu'ils prévoient d'y passer les protège. Et puis toute cette période coloniale est terminée, la Nouvelle-Calédonie est un territoire français, l'essentiel des règles d'apartheid a été aboli. Il est là pour une mission scientifique et on peut essayer de se convaincre que la science ne fait pas de politique, même si on pense le contraire. Leurs dispositions d'esprit n'ont rien à voir avec celles des colons, les « Caldoches » qui regardent avec mépris cette population découragée de natifs enterrés vivants. Tout, dans la mentalité des vainqueurs, dans leur comportement raciste et étriqué, relève de l'échec d'un rapport au monde. Mais qu'ils le veuillent ou non, malgré les précautions qu'ils prennent dès leur arrivée, les Kanaks les assimilent aux Caldoches et les observent avec crainte et mépris. Le couple découvre un troisième monde, celui des expatriés, qui savent que leur sort n'est que provisoirement lié à un contexte d'une complexité dont ils ne veulent pas dénouer les fils. Ils veulent résolument profiter des plages et du grand air, des excursions en famille, prendre tout ce qu'il y a de bon et oublier leur manque fondamental de légitimité. Les expatriés essayent de jouir de ce paradis perdu et s'organisent en société, dans des logements confortables. Les hommes s'en extraient au gré de leurs missions et partent, seuls ou en petits groupes d'observation, à l'aventure sur les routes de l'île, qui ne sont pour la plupart que des pistes.

Pendant la guerre, les Américains ont fait de ces terres une base militaire et en partant, comme partout ailleurs, ils ont laissé des tonnes de matériel et d'équipement. La Jeep devient en peu de temps l'accessoire essentiel de la liberté : il s'est fabriqué une sorte de tige dont il se sert pour débrayer à la main. Son temps se partage entre les

périodes d'exploration, d'observation, et celles d'expéri-
mentation en laboratoire où il se livre à des essais qui le
passionnent. Ses collègues ont d'autres champs d'intervention que l'analyse des sols. Les spécialistes en minéralogie
sont concentrés sur ce qui est probablement la seule vraie
richesse de l'île au sens où les mercantiles l'entendent : des
ressources immenses en nickel, ce minerai qui ne connaît
pas l'oxydation et dont l'utilisation va devenir massive avec
le développement des transports, en particulier des avions.
Cette île colonisée presque par dépit trouve enfin sa vraie
vocation et sa véritable place dans le dispositif d'enri-
chissement de la métropole. Les autorités françaises s'en
émeuvent car, partout où une richesse est découverte, on
craint l'instabilité, la revendication du partage et toutes ces
complications qui contrarient les exploitations minières.

Elle a trouvé un travail à la radio locale, celle qui donne
l'heure et qui édulcore les tensions entre les communautés.
On est loin des radios libres qui écloront bien plus tard,
l'information parlée est sous la coupe d'un gouvernement
qui n'entend pas partager son monopole, et qui pratique la
censure.

Elle n'a pas encore les manières ni la servilité requises
et commence en fanfare en passant sur les ondes « Le
gorille » de Brassens, qui est encore sous embargo des
autorités. Cette tentative de subversion lui vaut la menace
d'être éjectée de son poste alors qu'elle vient à peine de
commencer. Son entretien d'embauche a été assez cocasse,
devant un serviteur de l'État qui ne comprend pas qu'une
femme sur le point d'accoucher veuille travailler. Cela

implique, selon lui, que l'enfant soit confié à la naissance à une nourrice, probablement mélanésienne, et donc de le faire éduquer par une sauvage mal dégrossie. D'un autre côté, il se flatte qu'une femme issue d'une grande école puisse accepter un poste relativement subalterne dans son prestigieux établissement. Lui aussi vit dans un monde à part, celui des autorités, une petite société formelle, où les dépositaires d'un petit pouvoir se reçoivent entre eux, et invitent à l'occasion quelques expatriés qui les distraient de l'étroitesse de leurs considérations. Si on ne lui confie pas la météo, c'est que le poste est déjà pourvu. Il y a une forme de jouissance remarquable chez certains hommes à embaucher des femmes surqualifiées. Il en ira de même avec les Mélanésiens qui accéderont à l'éducation. Le premier bachelier parmi eux sera diplômé en 47.

Enfanter, c'est prendre le risque d'être assimilée à la femme au foyer qu'elle ne veut être à aucun prix. Sur ce sujet, comme sur beaucoup d'autres, ils s'accordent parfaitement. Mais dans les soirées d'« expats », les femmes sont curieuses de comprendre pourquoi elle tient à travailler, alors que l'administration met tout en œuvre pour assurer le confort des mères. Dans ce milieu on sort beaucoup, chez les uns et chez les autres, les soirées s'enfoncent tard dans la nuit. Elles sont l'occasion de petites intrigues de cœur, qui touchent en premier lieu les couples ayant quitté la métropole dans un équilibre précaire. Et puis le territoire joue comme un garant d'impunité : qui se souviendra des trahisons et des coucheries quand on le quittera ? Elle ne regarde pas d'autre homme que le sien. Quelques femmes tournent autour de son mari, mais lui n'est impressionné que par celles qui travaillent, qui créent, qui soutiennent une longue conversation jubilatoire.

Tout être tend à persévérer dans son être. Ils n'échappent pas à la règle, qui veut que l'on assure sa descendance en fondant une famille. Depuis la fin de la guerre, les adultes poussent devant eux, et en nombre, une génération de l'espoir qu'on nommera plus tard le « baby-boom ». Ils participent raisonnablement de cet enthousiasme à se multiplier. Ils n'auront que deux fils, à cinq ans d'intervalle, et le second quand ils n'y croiront plus.

Longtemps il a pensé que son infirmité le priverait d'une famille, et l'idée que la maternité puisse devenir un handicap pour sa femme lui déplaît profondément. Il aime naturellement les enfants, il a une tendresse instinctive pour eux et il participe largement aux contraintes de la petite enfance. Sa dévotion à une pure égalité des sexes décontenance parfois ses contemporains. De ce point de vue, il se déclare plus ouvertement féministe que sa propre épouse, qui exprime rarement son besoin de reconnaissance en tant que femme. Pourtant, il doit bien se l'avouer, au-delà de leurs envies de découverte, c'est à cause de leurs mères respectives qu'ils sont partis. Peut-être sont-elles l'exemple de ce qu'il ne veut plus voir chez la femme, une dévalorisation profonde à peine masquée par quelques artifices. Les vraies héroïnes de la famille n'ont pas eu la reconnaissance qu'elles méritaient, pas plus l'une que l'autre et, pis, elles ont elles-mêmes entrepris discrètement de se dévaloriser à leurs propres yeux. Il a craint qu'elles n'entraînent leur couple, comme ces siphons contre lesquels il a lutté parfois au beau milieu d'eaux piégeuses, dans des profondeurs inertes, celles de la dépression des êtres chers. Il s'en veut d'avoir eu tant de détermination à fuir, mais cette brutalité était nécessaire. Elle, décidant seule, n'aurait pas eu la force de laisser ses parents. S'agissant de l'avenir de leur couple, avaient-ils vraiment le choix ?

Pour un couple forteresse, la naissance d'un enfant, même désiré, est une forme d'intrusion. Le nouvel arrivant doit trouver sa place dans ce dispositif éprouvé et sans faille. Le culte de son mari qu'elle a discrètement développé fait s'interroger sur la place qu'elle compte laisser à ses enfants. Elle veut briller aux yeux de son époux, et ce nouveau triangle ne doit pas être une entrave à sa percée sociale. Le nouveau-né n'a pas encore idée de la charge qui sera la sienne. L'enfant naît avec le devoir de ne jamais décevoir son père. Il est l'aîné, il porte le même prénom que lui, il n'a pas encore ouvert les yeux que ses facultés de choix sont déjà oblitérées par un héritage pesant. Mais, à ce stade, le nourrisson s'épanouit dans la tiédeur du climat océanique.

Cette vie leur convient parfaitement. Elle est ponctuée pour lui de longues escapades dans la nature, loin de Nouméa, où il campe sur le terrain de ses observations. Mais ils ont conscience de ce qu'elle peut avoir de lénifiant.

Contrairement à la majorité de leurs collègues, ils ne se font aucune illusion sur l'avenir de cette France coloniale qui se morcelle mois après mois. Les idées marxistes commencent à infiltrer doucement le milieu kanak, comme si les indigènes devaient nécessairement se plier à une idéologie d'importation, comme s'il n'y avait de salut que dans les différents modèles de pensée des Blancs. Cette subversion assujettie aux schémas de la guerre froide progresse lentement, sous le regard attentif de Paris qui n'imagine pas que la manne du nickel puisse tomber entre les mains de l'Union soviétique ou de la Chine. C'est un bon prétexte pour ne rien céder. Les communistes l'ont prouvé, partout où ils sont installés, l'asservissement des populations est tel qu'aucune véritable identité culturelle n'est jamais rétablie. Rien ne subsiste qu'un modèle centralisé de production au service d'une organisation politique. Mais la colonisation a fait tellement de dégâts dans les esprits des colonisés que le communisme allume une lueur d'espoir.

Il est curieux et d'un contact facile avec les gens simples. Ce que sont les Mélanésiens. Il les considère certainement comme le peuple légitime de l'île, même s'il pense que les Blancs, leurs turpitudes mises à part, peuvent les faire profiter du progrès, ce miracle qui fait passer de la précarité au bien-être grâce à la science et à ses multiples applications. Son point de vue est celui d'un Occident qui s'est distingué par son positivisme depuis le XIXe siècle.

Sans en avoir une conscience nette, il encourage

la mondialisation d'un modèle qui ne se conçoit qu'en expansion, et qui craint jusqu'à la terreur toute forme de récession ou même de stagnation, qui transforme les traditions des peuples en un folklore qui participera de la grande braderie mondiale. Mais nous n'en sommes pas encore là dans l'île : une vingtaine d'années plus tôt, le maire de Nouméa demandait encore à un ethnologue ce qui pouvait l'intéresser chez un peuple irrémédiablement appelé à disparaître. Les traditions des Mélanésiens n'intéressent que quelques universitaires. En les soumettant, on leur a ôté le système de hiérarchie ancestrale et de respect mutuel, codifié depuis des milliers d'années, dont ils tiraient leur amour-propre.

Lui, si remarquable depuis son enfance, ne fait preuve d'aucune originalité dans son comportement. Il n'a pas le racisme des colons, ni ce sentiment de supériorité qu'affichent les administrateurs du territoire rompus à la logique de l'éradication, mais il ne s'insurge pas non plus radicalement contre ce modèle dont il profite directement. Même en croyant bien faire, il est complice d'une spoliation qu'il veut, comme d'autres membres de cette communauté scientifique qui œuvre pour la France coloniale, certainement oublier.

S'intéresse-t-il seulement à la civilisation mélanésienne ?

À l'arrivée des colons, les Kanaks utilisaient encore comme outil la pierre polie et le bois. Ils reconnaissent la primauté de leur environnement sur eux-mêmes. L'esprit n'est pas seulement là pour servir le corps, il maintient le lien avec la nature. La flèche faîtière au sommet de la grande case représente l'ancêtre à l'origine du clan dont les subdivisions et la hiérarchie déterminent la place de chacun dans la société. L'arrière de la grande case s'ouvre sur l'au-delà, sur le monde des ancêtres qui veillent discrètement sur leur descendance en faisant le lien avec les forces invisibles. L'allée, à l'avant de la grande case, dessine deux lignes parallèles de pins colonnaires et de cocotiers, autant de gardiens silencieux du temporel qui symbolisent les hommes et les femmes. C'est là que se déroule la vie sociale, on y flâne, on y discute et on y échange l'essentiel de la nourriture qui provient de l'igname. Le sous-sol leur importe peu et ils n'ont aucune conscience de sa richesse, ce nickel qui, transformé en chrome, donne du lustre à tant d'objets.

La nature est bienveillante sous ces latitudes, même si elle a ses colères. Elle fournit l'essentiel à celui qui la respecte. La promesse de l'accumulation, socle de la société blanche, n'a aucun sens sur cette île entourée d'une mer aussi nourricière que la terre.

En dehors de ce qu'il appelle ses « grandes tournées », au cours desquelles il examine méticuleusement les sols et leurs propriétés, il nage. Il part seul au large.

Elle, que l'anxiété ne caractérise pourtant pas, se mord les lèvres jusqu'au sang et scrute, la main en visière, son fils installé sur ses cuisses, l'horizon où il disparaît pour plusieurs heures. Elle n'y peut rien, c'est là qu'il se retrouve, porté par un élément dont il ne perçoit jamais l'hostilité. Il lui arrive de plonger en apnée, d'admirer les profondeurs, de s'installer au milieu du spectacle de la faune. La barrière de corail n'est pas encore détruite. Elle le sera plus tard à coups de polluants déversés dans les mers, victime d'une érosion mortelle que la guerre a initiée. Le fond du Pacifique est jonché d'épaves de bateaux de guerre pleins de carburant et de bombes, d'avions de chasse, vestiges récents d'un affrontement d'une éprouvante violence dont le Japon ne s'est jamais vraiment remis. Le silence s'est rétabli depuis sept ans, les mammifères comme les dauphins, les cartilagineux comme les requins, les raies comme les poissons vertébrés ne sentent plus le battement des hélices monstrueuses des porte-avions, des destroyers, des torpilleurs, de toute cette déclinaison d'engins de mort.

La beauté des plages et la transparence des eaux participent de l'indifférence des insulaires pour ce qu'il se passe ailleurs.

Quand elle ne diffuse pas de la musique subversive, elle informe les habitants de l'île de la réalité du monde en lisant un journal préparé par d'autres, ce qui fait d'elle une speakerine plutôt qu'une journaliste. Elle ne fait certainement pas mention du témoignage de Marguerite Rouffanche au procès des meurtriers d'Oradour-sur-Glane, qui s'ouvre à Bordeaux, neuf ans après les faits. Le 10 juin 44 a lieu le plus grand massacre de civils perpétré sur le sol français, planifié par les officiers de la division « Das Reich », de concert avec la milice française. En quelques heures, six cent trente-cinq villageois sont regroupés, exécutés et brûlés, dont vingt cinq enfants de moins de cinq ans. Mme Rouffanche a survécu au massacre. Elle y a perdu son mari, son fils, ses deux filles et son petit-fils âgé de sept mois. Il semble qu'elle n'ait survécu que pour témoigner et sa parole se perd sur les ondes. Le procès se transforme en une joute procédurale qui atténue les responsabilités des uns et des autres.

Cette même année, deux lois d'amnistie pour faits de collaboration sont successivement promulguées.

Elle passe également sous silence la mort par balles de sept personnes lors de la manifestation à Paris contre le colonialisme.

On s'enthousiasme à l'époque pour le feuilleton du « scandale des piastres », une énorme arnaque au change entre le franc et la monnaie indochinoise, organisée par des mafieux corses. L'affaire, révélée deux ans plus tôt, n'a d'abord suscité aucune curiosité de la part des parlementaires, puis la nouvelle selon laquelle l'ennemi, le Viêt-minh, profiterait de l'escroquerie, oblige les députés assoupis de la IVe République à réagir. François-Jean Armorin, valeureux journaliste d'investigation, a mené l'enquête mais il est mort dans un accident d'avion entre Saïgon et Paris. Plusieurs journaux, dont *Le Canard enchaîné*, font état de l'implication du mafieux Mathieu Franchini dans un probable sabotage de l'avion. L'affaire est classée sans suite par manque de preuves matérielles.

Dans l'ombre, des experts indépendants travaillent à évaluer l'impact réel de la colonisation en Indochine, pour en arriver à la conclusion que le coût militaire exorbitant du maintien de notre présence, ajouté à celui de l'administration de ces territoires, n'a jamais été couvert par les avantages que la France a pu en tirer.

L'effervescence sociale en métropole est sans répit. Le gouvernement, qui prévoit un plan de réduction des dépenses dans la fonction publique, doit subir une grève d'un mois de quatre millions de fonctionnaires et employés du service public. L'agriculture grogne aussi et barre les routes, pendant que les petits commerçants, dont beaucoup ont profité de la pénurie alimentaire pour se constituer un magot, hurlent contre les contrôles fiscaux et se fédèrent derrière l'ineffable M. Poujade, qui crée son mouvement populiste.

En revanche, elle a mentionné la mort de Staline. L'homme a consacré le culte d'une personnalité, la sienne, pendant qu'il écrasait celle de son peuple. De toutes ses abjections, la dernière à être révélée sera l'exécution de tous les officiers de l'armée polonaise à Katyń, plus de quatre mille hommes tués un par un d'une balle dans la nuque, une balle de Luger, pour faire croire à la main des nazis, qui se sont chargés de leur côté de l'extermination du reste de l'élite polonaise dans des camps. Un vague espoir renaît avec l'avènement du facétieux Khrouchtchev.

Son supérieur direct, qui prendra plus tard les fonctions de directeur de la station, la protège de ses imprudences et de son incapacité à saisir ce qui devrait relever de sa propre censure. Elle ne comprend pas grand-chose à la politique, au louvoiement, au balancement circonspect. Son mari l'engage toujours à garder la tête haute, et à démissionner s'il le faut, mais elle tient à garder ce travail pour lequel elle n'est pas vraiment formée. Son protecteur veille pour elle, avec toute l'amitié naissante qu'il a pour le couple au point qu'il devient le parrain de leur fils.

Ce Caldoche a de l'humour à revendre. Il joue entre les différents groupes de pression comme un équilibriste et, en peu de temps, il deviendra un maître dans l'art de survivre à son poste. Il aime son nouvel ami qui surmonte son handicap avec brio, il admire aussi son intégrité morale, qui lui interdit une grande carrière dans les structures importantes, où les contorsions priment souvent sur les compétences.

À cet égard, elle n'est pas différente et ne cherche pas à plaire, mais elle s'applique à faire son travail le mieux possible. Ni l'un ni l'autre ne souffre de la sclérose d'un système qui récompense l'allégeance plutôt que l'initiative individuelle. C'est en métropole qu'ils auront le plus à en souffrir, ils le savent, tout comme ils savent que cette France des territoires annexés ne pourra perdurer indéfiniment.

Il est parti pour les Nouvelles-Hébrides, une mission solitaire sur ce drôle de territoire où la France et la Grande-Bretagne ont partagé le pouvoir depuis le début du siècle. La guerre aidant, les Anglais ont pris l'ascendant dans ce condominium. Il en revient après avoir parcouru pendant des semaines les profondeurs humides où sa curiosité scientifique l'a entraîné. Il aime ces missions d'exploration, souvent vierges de présence humaine. Il revisite le mythe de l'explorateur dans ses vêtements kaki pleins de poches, il tient des carnets d'observation d'une écriture anguleuse. Au retour, il lui faut un temps de silence avant de raconter ce qu'il a vécu. Dans le monde des expats on se reçoit beaucoup, on passe chez les uns et chez les autres sans protocole. Quand il raconte ses histoires, il éblouit surtout les femmes : la plupart sont clouées chez elles avec leurs enfants dans une vacuité qui laisse place aux rêves. À son retour des Nouvelles-Hébrides, ils font le tour des copains, puis ils dînent chez le gouverneur, qui l'apprécie pour son franc-parler, lui qui est habitué à tant de ménagement. Il raconte à la plus haute autorité de l'île sa rencontre avec un gendarme, quelques semaines avant son voyage, dans une contrée perdue loin de Nouméa, un gendarme breton dont il a découvert qu'il avait été un prétendant sérieux de sa mère. Il est à l'aise en société, tellement à l'aise que, quand le sommeil tombe sur lui, il s'enfonce légèrement dans son fauteuil et se met à dormir, sous les yeux effarés de sa femme qui ne sait pas comment l'excuser. Puis il se réveille, comme si de rien n'était, et reprend la conversation. Ce soir-là, aidé par le vin de qualité, il se laisse aller à de sombres prévisions au sujet de la politique coloniale de la France. Il prédit qu'au tournant de la décennie l'indépendance sera la règle et la colonie l'exception. Son directeur hausse les sourcils en adressant au gouverneur un sourire apaisant, mais à la surprise générale le gouverneur avoue qu'il craint qu'il n'ait raison. Il aura d'autres occasions dans sa vie de constater que les hauts responsables ont souvent conscience individuellement des désastres auxquels conduit leur action, mais qu'ils sont submergés par la force du système et liés par leurs intérêts de carrière. On en reste là, sans plus creuser la question, puis ils rentrent chez eux où il est subitement pris de courbatures et d'une fièvre qui n'en finit plus de monter. Le médecin qui vient le lendemain diagnostique aussitôt l'action d'un parasite redoutable et souvent mortel.

Cette maladie a modelé une grande partie des paysages de la métropole au siècle précédent. On a asséché des hectares de marais et creusé des kilomètres de fossés pour éviter à l'eau de stagner. On avait d'abord cru que l'air vicié, le mauvais air, « *mal aria* », était à l'origine de ces fièvres redoutables, avant d'apprendre qu'un moustique femelle, devenant du fait l'animal le plus mortel pour l'homme, en était le vecteur. Il ravage les populations humaines depuis le pléistocène. La sédentarisation, la fin du nomadisme ont favorisé son développement. Toutankhamon en est sans doute mort, comme un million d'autres malades la même année. Pour endiguer la maladie et venir à bout de l'anophèle, l'industrie chimique s'est engagée dans un programme d'éradication en développant, IG Farben en tête, le DDT, un insecticide puissant qui apparaît avant la guerre et se caractérise par son efficacité, mais aussi par ses effets sur l'homme qu'on préfère ignorer. On s'aperçoit bien plus tard que ce produit chimique s'installe dans toute la chaîne alimentaire pour finalement diminuer considérablement la fertilité des hommes. S'il n'avait pas enfin été interdit dans les années 70, il est probable que l'être humain aurait aujourd'hui cessé de se reproduire.

Enfant, il a été frappé par la polio, adulte il l'est par le paludisme. Il ne s'en délivrera jamais. Beaucoup de maladies tropicales accompagnent leurs porteurs tout au long de leur vie. Les crises qui surviennent sans prévenir et repartent aussi subitement se répéteront en s'espaçant et en perdant de leur intensité. On lui administre toute la pharmacopée disponible et il se remet lentement.

À l'été, quand il a retrouvé sa santé, ils partent pour un long voyage qui leur permet de visiter la Nouvelle-Zélande et l'Australie. À Sydney, ils découvrent que la présence des requins a obligé la municipalité à tendre un filet autour d'un périmètre de baignade. Il se sent frustré de ne pouvoir se livrer à une longue échappée, comme à son habitude. Ils sont sur la plage, à observer le ballet des baigneurs, quand une bonne sœur décide de se rafraîchir. Elle s'enfonce doucement dans l'eau en relevant sa robe, et se met soudain à hurler. Une large tache de sang s'est formée en surface, un bébé requin lui a arraché le mollet.

La population australienne aussi est faite de repris de justice, d'immigrés de la dernière chance qui ont progressivement colonisé ce vaste territoire. Leurs vies sont venues s'échouer là où ils se sont installés en maîtres. Les premiers immigrants, arrivés pour l'essentiel de Grande-Bretagne, ont pu s'émerveiller de l'ingéniosité avec laquelle les Aborigènes, le peuple autochtone, avaient organisé les territoires. Mais le cheval et le mouton importés d'Europe ont piétiné ce qui avait été élaboré depuis des siècles. La seconde vague de Blancs a mis cette dévastation sur le compte des Aborigènes et a considéré qu'ils n'étaient en fait qu'une population de nomades, ce qui les privait de tout droit sur les vastes étendues. La dialectique au service de la confiscation, la force du langage dans la justification de l'exaction, les Britanniques l'ont expérimentée depuis des temps immémoriaux, depuis l'invasion de l'Irlande.

Ils ne visitent pas ces vastes terres d'immigration sans s'imaginer qu'ils pourraient y rester et y vivre une véritable aventure. L'un et l'autre parlent l'anglais couramment, leurs diplômes seraient certainement appréciés et, depuis leur arrivée en Nouvelle-Calédonie, ils ont pris la mesure de cette mentalité particulière, mélange d'indolence insulaire et d'âpreté colonisatrice. Tout au long de leur voyage, ils font des rencontres, mais aucune ne parvient à les persuader de rester, de tenter leur chance dans ce qui restera toujours un pays étranger, car en cela ils sont bien français : ils n'imaginent pas s'assimiler dans un pays dominé par les Anglo-Saxons. Et puis, ils ont le temps. Ils n'ont ni l'un ni l'autre la nostalgie de la métropole, à aucun moment.

L'hiver en métropole a été d'une rudesse exceptionnelle, décimant les pauvres, les sans-abri, révélant une précarité meurtrière, dans cette France libérée neuf ans plus tôt. Il est un homme pour s'en offusquer. Il est de ces Français sans tache, sans compromission. Il a été sous-officier en 40, puis il est entré naturellement dans la Résistance. Cet homme, qui croit en Dieu au point de ne voir dans la mort que de grandes vacances méritées, passe une grande partie de la guerre dans les maquis de la Chartreuse et du Vercors, et ne manque pas une mission d'exfiltration de familles juives. Trois fois député après la Libération, il se revendique d'idées politiques qui tournent aussi bien le dos au capitalisme qu'au communisme. Henri Groués passe un appel sur Radio Luxembourg qui crée un élan de solidarité exceptionnelle. Celui qui devient le fondateur d'Emmaüs transcende la charité pour la transformer en un combat permanent contre la pauvreté.

L'émergence de l'abbé Pierre comme grande figure nationale n'échappe pas à Meno, qui a contribué à la collecte. Sa ferveur catholique, elle l'a entretenue d'autant plus volontiers que c'était une façon pour elle de démentir son judaïsme. Mais elle souffre d'avoir renié son géniteur, d'avoir laissé entendre que son vrai père est bien Girod, un bon Français. Maintenant que la peur s'en est allée, elle continue à se renier, mais sa foi dans le Christ est sincère.

Son neveu, Pierre, ne l'oublie pas et lui prodigue beaucoup d'attentions. Son mariage à lui s'étiole, s'enfonce irrésistiblement. La Résistance, c'était il y a plus de dix ans maintenant, et son devoir vis-à-vis de sa femme a perdu de sa force. Mais le couple n'en laisse jamais rien paraître, il affiche sa complicité comme une médaille sur un revers de veste. Lui voyage tout le temps, il n'est bien qu'à l'étranger. Ses bureaux près de la Bourse lui servent à se poser entre deux escapades. Il ne prend jamais l'avion, une maladie d'enfance lui a endommagé les oreilles et il ne supporte pas les différences de pression atmosphérique. Alors il sillonne l'Europe en train de nuit. Son plaisir est de s'endormir dans une capitale, de se réveiller dans une autre et de prendre le temps d'un petit déjeuner copieux, six œufs au jambon et une bouteille de blanc, du bourgogne de préférence. Il est toujours communiste, malgré sa grosse Mercedes et sa maison secondaire à une heure de Paris, dont un étage entier est aménagé pour un train électrique qu'il complète sans cesse de nouvelles pièces rapportées d'Allemagne. Il a pris le départ de sa cousine pour les tropiques comme une désertion. Il a compris que sa tante Meno avait pour sa femme une aversion définitive et il profite d'être seul pour lui rendre visite. Il est un peu le fils qu'elle n'a pas eu. Dévoué, il a toujours un geste, une attention, un souvenir qu'il ramène d'un voyage. Lui d'ordinaire peu loquace a toujours une histoire à lui raconter. Il lui arrive de s'épancher sur la triste histoire qu'il vit, celle d'un amour commandé qui n'est jamais venu. Il lui aurait fallu épouser une fille joviale et simple, comme lui. Sur sa double vie, il ne s'étale pas, mais Meno ne se fait pas d'illusions, il multiplie les aventures et les occasions de faire plaisir à ses maîtresses. C'est un authentique solitaire.

Avec tout ce qu'il a vécu, rien ne l'impressionne plus, il se meut comme un observateur amusé de l'existence. Il est, à ce moment de l'histoire, le seul communiste à avoir un œil quotidien sur la Bourse, où il fait de belles affaires. Quand on le lui reproche, il s'en défend en expliquant qu'à la différence d'autres il n'est communiste ni par envie, ni par jalousie : sa réussite dans le capitalisme est démontrée, mais ça ne signifie pas qu'il le considère comme le meilleur système pour la masse des individus.

Il a été sollicité pour la réouverture de la maison Chanel, seulement quelques mois après l'appel de l'abbé Pierre à la générosité des Français. Les deux évènements sont apparemment sans lien, mais l'un parle de l'extrême pauvreté quand l'autre parle du grand luxe.

Lorsqu'elle naît à Saumur, Gabrielle Chasnel découvre certainement la ville telle que Balzac la décrit dans *Eugénie Grandet*. Enfant, elle connaît les affres d'une pauvreté non feinte. Elle parvient à faire ce qui est nécessaire pour réussir, conjuguer un talent avec des relations. La couturière, qui montre d'abord ses dispositions comme chapelière, multiplie les amants bienfaiteurs pour s'établir à Paris après plusieurs détours en province. De tous les moteurs de l'existence sociale, la revanche, parce qu'elle possède un carburant inépuisable, est le plus performant. La terrifiante amertume de cette femme au firmament de la réussite se manifeste brutalement, à la déclaration de la guerre, quand elle décide de licencier ses quatre mille ouvrières dont elle se venge d'avoir osé contester, pendant le Front populaire, quatre ans plus tôt, son pouvoir de mal les payer. Devenue une grande privilégiée en partant de rien, la tentation est immense de considérer que l'occupant peut être un atout. Dans ce sens, elle n'est pas originale, pas plus que dans la morgue qui accompagne sa collaboration délibérée avec l'ennemi. La seule patrie qui compte pour elle, c'est celle des puissants, des illustres, des grands de ce monde qu'elle fréquente assidûment, sans distinction de nationalité, dans une internationale de la supériorité éclatante. Ce qu'elle a arraché à son enfance, elle n'est pas prête à le céder. Elle ajoute à cette détermination un profond mépris pour tout ce qui n'est pas son nouveau monde. Elle est assez âgée pour avoir vécu l'antisémitisme d'avant la guerre, et elle a développé une conception originale consistant à scinder la race juive en deux catégories : les juifs qui ont réussi comme les Rothschild, les Warburg et d'autres fortunes colossales méritent le qualificatif d'Israélites, pour mieux les distinguer des Youpins, une horde de juifs loqueteux. On sait aussi qu'elle aime les hommes, riches et puissants de préférence. Les femmes, elle les voit cheveux courts, sans formes, pour faire barrage à la volupté orientaliste, et on lui doit certainement d'avoir amorcé la promotion de l'anorexie chez les jeunes mannequins condamnés à jeûner pour exister. Elle profite des lois antisémites pour réclamer aux Allemands les parts des actionnaires juifs de sa branche parfums, alors réfugiés aux États-Unis, et qui aujourd'hui, ironie du sort, possèdent l'intégralité de la marque. Ce sont eux qui la poussent à rouvrir la maison Chanel en 54 pour profiter de son aura internationale dans la haute couture. À la Libération, un comité d'épuration l'exonère, apparemment sous la pression du grand Churchill, lui-même sous pression d'une aristocratie anglaise qui aimerait taire l'étendue de sa relation avec la couturière, dont les archives du renseignement allemand révèlent qu'elle a espionné pour le compte du Reich et facilité des rencontres qui visaient à une paix séparée entre la Grande-Bretagne et l'Allemagne.

Pour Pierre, voir la presse se féliciter de la renaissance de cette marque entachée du comportement déplorable de sa fondatrice participe d'une mystification générale qui ne l'atteint plus, du moins en apparence. Car il prend ses dispositions. Alors que sa fortune augmente, il décide de se soustraire à ses devoirs fiscaux, de se désolidariser de cet État qui promulgue deux lois d'amnistie par an pour des faits de collaboration.

En Indochine, les Vietnamiens du Nord ont emprunté l'idéologie communiste, aussi étrangère à leurs traditions que le capitalisme, dans laquelle ils ont vu le moyen de se libérer d'une colonisation qui n'a que trop duré. Le Viêt-minh a déjà usé tout ce que la France compte de généraux prestigieux. La bataille de Diên Biên Phu engagée depuis novembre est sur le point de s'achever sur une défaite qui entraînera l'abandon de ses colonies indochinoises et le retrait militaire d'une France épuisée par la résistance des indépendantistes. Le flambeau passe aux Américains, qui feront de cet endroit un enfer.

La nouvelle de la défaite de Diên Biên Phu tombe alors qu'il a engagé avec sa direction une discussion sur une éventuelle mutation en Indochine accompagnée d'une promotion conséquente. Son directeur, qui sert d'intermédiaire avec le siège à Paris, l'invite à dîner, avec sa femme. Du jardin de sa maison sur les hauteurs de Nouméa, une échappée sur la mer renvoie des couleurs apaisantes, avant que la nuit ne fonde l'ensemble dans une obscurité joyeuse. Ils ne sont pas seuls, des collègues d'autres disciplines sont venus discuter de ce qui se complote à Paris face à la chute de l'un des plus grands bastions de la coloniale. L'offre de postes et d'opportunités va commencer à se réduire, et il est préférable de l'anticiper. Le directeur a ce qu'il faut de sens politique, en plus de sa formation scientifique irréprochable, pour amortir l'inquiétude des uns et des autres. Il aime bien ce Breton carré et aux angles francs qui limite ses ambitions à son intérêt pour sa mission. Il aime aussi sa femme, si différente de la sienne, tellement habituée à la vie coloniale que la perspective de soulever une petite cuillère sans l'aide d'un domestique l'épuise. Ce soir-là, le directeur a décidé de boire en musique, pour fêter le crépuscule d'un monde qui, au fond, lui allait bien. Le whisky passe de main en main tandis que l'électrophone diffuse la chaude voix des Platters. S'y ajoutent les craquements du fauteuil en rotin, les lumières tremblotantes sur la ville, c'est assez pour fixer une mémoire et semer les graines d'une nostalgie. Au retour, dans la Jeep, ils se demandent s'ils ne vivent pas déjà la fin de leur aventure océanique. Ils décident d'en profiter avant leur probable retour à Paris.

Quand le directeur le convoque à son bureau à la première heure, il s'inquiète. Son patron le reçoit rasé de frais, chemise blanche sans cravate, cheveux humides et légèrement ondulants. Il lui sert un café, prend une cigarette sans filtre dans un étui en cuir, l'allume, et se décide enfin à parler. Il lui confirme que le projet de l'envoyer en Indochine a été abandonné mais que la France coloniale est solide et recèle toujours d'intéressantes perspectives. Quand il dit cela, son visage exprime une opinion toute différente : c'est foutu, il ne reste que peu de temps avant que la France ne retrouve ses frontières d'origine. Bref, il l'a recommandé pour l'Afrique. L'Afrique occidentale, Sénégal, Niger, Mali, Guinée, un vaste territoire avec beaucoup de prospections, de longues missions solitaires, ou presque, puisqu'un assistant, africain c'est précisé, lui sera affecté, qui servira aussi de chauffeur à l'occasion. Il sera basé à Dakar mais passera plus de la moitié de son temps à rayonner en brousse, des périodes de plusieurs semaines sans revoir sa famille. Ce n'est pas pour tout de suite, d'ici un an, le temps que son prédécesseur fasse ses cartons, emballe sa collection de masques et s'habitue à l'idée de ne plus être servi, parce qu'il retourne au siège pour être promu à la tête d'une division. Il n'a pas le choix, vu qu'il est bouffé par le paludisme, la dengue et les amibes qui lui retournent les tripes, ce qui lui a valu un séjour à Marseille dans un service hospitalier de maladies tropicales.

Le Breton ne doit pas se faire d'illusions, on ne sort pas de cette affectation en meilleure santé que quand on y est entré. Il lui demande si, au vu de son handicap, il envisagerait de prendre ce risque, juste contrepartie d'une vie rêvée qui a inspiré une littérature de qualité, même s'il n'a pas de nom en tête.

Il ne répond pas, tout à sa joie, il ne laisse rien transparaître. Il rebondit sur une question qui concerne sa femme. Il insiste pour qu'elle puisse travailler, et que l'éloignement dû à ses missions ne la contraigne pas à l'immobilité près de leur fils. Le directeur lui répond qu'on pourra lui fournir une cuisinière, une nounou et un boy. Et, pour le travail, la radio existe aussi là-bas.

Même s'il brûle d'accepter, il demande un temps de réflexion pour consulter son épouse. L'adversité dont a parlé son directeur, les distances, les maladies, loin de le décourager, lui rappellent l'horizon dont il rêvait quand il a retrouvé partiellement sa mobilité. Il se souvient de s'être imaginé l'Afrique, les vastes étendues sauvages, la faune et la chaleur.

Elle est partante, à nouveau, car telle est sa nature. Dakar la rapproche de ses parents, c'est déjà la route du retour pour eux qui vivent aux antipodes. Ils essayent d'avoir un deuxième enfant mais, devant le peu de résultat, ils préfèrent ne pas prendre en compte cet élément dans leur décision. Ses absences seront plus longues, beaucoup plus longues, elles ressembleront à celles d'un marin. Il a envie de ce mode d'existence, sans le moindre doute. Il essaye de poser le plus objectivement possible les conditions de cette nouvelle vie, pour éviter toute mauvaise surprise. Ce n'est que dans un an, mais la décision les engage. Et puis, si ce n'est pas l'Afrique francophone, l'Indochine bientôt perdue, il ne restera que la tumultueuse Algérie, et ils ne veulent pas l'envisager.

Au cinéma, ils ont vu *Et Dieu... créa la femme*, de Vadim, avec l'éblouissante Brigitte Bardot et ils en ont retenu une phrase : « L'avenir, c'est ce qu'on a inventé pour gâcher le présent. » Le présent commence à se dérober devant la force du projet. L'année qui passe résonne justement de la détérioration de la situation en Algérie.

L'Algérie se présente comme un véritable bourbier : sa colonie de peuplement, constituée des arrière-petits-fils des premiers colons, se croit vraiment chez elle sur ce territoire plein de richesses. La France déploie ses premiers régiments de parachutistes à Alger pour une prétendue mission de pacification. Quatre-vingt-trois mille soldats traversent la Méditerranée pour mener une nouvelle guerre coloniale qui va laisser des traces profondes. La France ne peut renoncer aux précieuses ressources algériennes, autant essayer de convaincre un petit épargnant de renoncer à ses économies.

Une partie significative du budget national va être consacrée à la sauvegarde de ce territoire irrémédiablement perdu ; excepté pour quelques illuminés qui s'imaginent que l'Algérie restera toujours française, la lucidité voudrait qu'on commence à se retirer, mais c'est compter sans la politique. L'Algérie recèle des richesses en gaz et en pétrole qu'on ne peut pas mépriser à ce moment de notre histoire où l'on entre dans une ère de production et de consommation massives. Les ménages se ruent sur les réfrigérateurs, les postes de télévision les hypnotisent. Ils prisent aussi les vêtements et rêvent de la Citroën DS, qui fait son apparition au salon de l'auto et devient le symbole de cette bourgeoisie méritante dont le cinéaste Chabrol est le meilleur contempteur. Les grands ensembles urbains commencent à fleurir pour agglomérer « le flot des emmerdés » cher à Beckett, de plus en plus loin de leur lieu de travail, et aussi loin que possible de la nature qu'ils ne retrouveront, s'ils le souhaitent, que pendant les congés payés dont ils viennent d'obtenir la troisième semaine. Le formica recouvre les nouveaux meubles d'une propreté glaçante. Le matériel, l'objet participent d'une névrose collective, d'une aliénation qui ne guérira plus. Il faudrait alors la lucidité d'un esprit dérangé pour percevoir que la civilisation prend une voie qui conduira irréversiblement à sa destruction. La science, la technologie, l'industrie asservissent la nature à leurs besoins en plongeant l'individu isolé dans l'ignorance de son environnement et dans une solitude croissante. Cet individu, désormais, est avant tout un producteur et un consommateur, et les seules connaissances qu'on va lui enseigner sont utilitaires.

Avant leur départ pour Dakar, ils apprennent que l'indépendance a été donnée en douceur à la Tunisie et au Maroc, sans doute parce que l'Algérie concentre tous nos efforts. Près d'un demi-million de soldats sont désormais sur place, le service militaire est allongé pour satisfaire les besoins de l'armée, la France est en guerre pour de bon.

Ils avaient cru que, avec la mort de Staline, les déviances du communisme allaient disparaître pour qu'enfin le socialisme s'impose. La dénonciation par Khrouchtchev des excès du tyran préparait un retour à une orthodoxie qui n'a jamais existé ailleurs que dans les esprits. Et dans les pays vassaux de l'URSS, soudés à elle par le pacte de Varsovie, on se met à rêver à un vrai pouvoir du peuple, et à la liberté qui l'accompagne. Les premiers à se leurrer de cette façon sont les Hongrois. Ils y sont encouragés par une radio qu'ils captent clandestinement, Radio Free Europe, une émanation de la CIA qui leur laisse espérer un soutien des forces de l'OTAN. Si dans des zones exclues des accords de Yalta ils se livrent parfois indirectement à la guerre, les deux blocs respectent la partition de l'Europe. Ce consensus engage les populations des pays attribués sans qu'ils aient une conscience exacte des tractations qui ont eu lieu dans leur dos. L'URSS empêche la dérive démocratique de ses vassaux, comme la CIA œuvre en sous-main pour éviter que ses alliés ne basculent dans le communisme. L'intervention des chars russes en Hongrie ferme la porte à toute forme de modernisation de ce système qui a toujours justifié par l'adversité le fait d'être fondamentalement liberticide. Les Hongrois le comprennent, au prix de deux mille cinq cents morts et de la fuite de près de deux cent mille d'entre eux.

Elle a reçu une lettre du cousin Pierre qui, entre autres, lui annonce avoir rendu sa carte du parti communiste. Sa femme en a fait de même. L'invasion de la Hongrie par l'Union soviétique a ouvert les yeux de nombreux militants qui refusaient l'évidence. Jean-Paul Sartre en fait partie. Pour le cousin, c'est la fin d'une contradiction qui, au fond, l'amusait. Il sera désormais résolument libéral.

Mais, s'ils suivent les développements de la crise algérienne, cette rumeur leur paraît en revanche bien lointaine.

Quand ils partent pour Dakar, la fin prochaine de l'empire colonial ne fait plus de doute dans leur esprit. Les années 60 s'ouvriront sur une France repliée, comme les autres puissances coloniales, sur ses frontières. Ils le savent, ce sera bientôt le chaos pour de nouveaux pays découpés au cordeau, dans un mépris absolu de leur véritable histoire, celle d'avant les colonies, et désormais livrés à des prédateurs opportunistes, soutenus en sous-main par les États occidentaux et leurs entreprises minières.

Mais lui, pour l'instant, reste en surface. Il s'est fixé une mission qui consiste à trouver les plus grandes étendues arables pour ces populations envers lesquelles, au fond de lui-même, il se sent redevable, mais pas au point de l'exprimer politiquement.

Ils ont quitté la Nouvelle-Calédonie et leurs amis, qu'ils ne perdront jamais de vue. Ils cultivent les sentiments amicaux comme un jardin anglais. Partant du principe connu selon lequel ceux qui affirment avoir le plus d'amis sont souvent ceux qui en ont le moins, ils créent des liens rares et forts.

Quatre ans d'efforts presque désespérés ont finalement débouché sur une nouvelle grossesse, qui occupe la plus grande partie de leur temps quand ils débarquent sur cette côte sénégalaise. L'enfant vient au monde au début du mois de mai 1957, à l'hôpital général de Dakar, alors que le terme de la grossesse est déjà révolu. L'accouchement compliqué par la taille de sa tête et son poids excessif a lieu alors que la ville entre dans la nuit sous une lune en croissant.

Les familles sont avisées de la nouvelle. Le grand invalide et Meno sont déjà prêts à faire le voyage en avion pour rencontrer leurs petits-enfants, mais il est un peu tôt pour les recevoir. Les nouveaux arrivants doivent d'abord prendre leurs marques dans ce quartier qui concentre les expatriés français. À la différence de celles de la métropole, rares sont les maisons fermées sur elles-mêmes, les enfants passent de l'une à l'autre, et les adultes aussi. Les femmes se croisent, se reçoivent, se plaignent de la domesticité qui semble, ici comme ailleurs, leur sujet favori.

Il ne leur faut pas plus de quelques semaines pour se constituer une bande de copains, des couples avec lesquels il fait bon manger, boire, rire et danser, car il danse toujours aussi bien, à la stupéfaction de leur entourage, qui admire son numéro d'équilibriste. Les expats forment, ici aussi, une colonie dans la colonie, une communauté d'intérêts fondée sur l'éloignement jouissif de la métropole et de ses luttes intestines, la précarité d'un mode d'existence qui ne peut durer indéfiniment, la liberté des grands espaces. On passe du temps à la plage. On ne sait pas encore que la morsure répétée du soleil peut laisser des traces indélébiles. Lui ne prend aucune précaution, s'expose, en croix, sans s'imaginer qu'il prépare le premier de ses futurs cancers. Les fins de semaine, on se retrouve à Gorée, l'île en face, d'où partaient des esclaves au temps où l'homme noir était une marchandise.

Douze millions d'hommes, de femmes, d'enfants ont quitté l'Afrique pour servir de main-d'œuvre gratuite aux Amériques et aux Antilles. Fournis le plus souvent par des chefs de tribus de l'intérieur, on les enchaîne, pour qu'ils comprennent bien que, désormais, ils quittent l'espèce humaine, et que seul le profit déterminera leur avenir. L'illusion que le temps a passé est l'alliée la plus fidèle de la bonne conscience, il n'en reste pas moins que la colonisation s'est faite sur l'idée que les occupés n'étaient pas des êtres humains de plein exercice. Le seul droit qu'ils aient eu, comme les Blancs, c'est celui de se faire massacrer en 14, et les Sénégalais ont nourri des bataillons de tirailleurs pour défendre une patrie qui ne les avait jamais conviés en tant que citoyens à part entière. Aux États-Unis, l'esclavage s'arrête avec la guerre de Sécession mais, au virage des années 60, il se trouve encore des cohortes de Blancs pour penser qu'il faut exterminer les Noirs devenus inutiles, ce qu'ils font sporadiquement à travers le Ku Klux Klan, une organisation qui n'a rien à envier aux nazis. En comparaison, les Blancs de la coloniale française se verraient volontiers comme des bienfaiteurs. Au sein de la colonie, les Noirs n'accèdent encore à aucune responsabilité, mais un effort, certes intéressé, est malgré tout fourni en vue de créer une élite intellectuelle, formée à devenir l'interlocuteur privilégié de la décolonisation future.

Dans son laboratoire, on lui a affecté un laborantin, cet assistant qui est aussi supposé lui servir de chauffeur. Cet emploi subalterne cache une autorité parmi les siens, un chef de famille wolof respecté pour sa foi, sa sagesse et son humanité. Demba ponctue ses journées de prières en direction de La Mecque.

Un respect mutuel s'installe naturellement entre les deux hommes en quelques jours. Puis ils deviennent inséparables. Son objectif inavoué est que ce grand homme mince au visage incorruptible puisse le remplacer complètement, se substituer à lui lorsqu'il partira, dans quelques années, et il a compris très vite que son assistant avait les qualités pour le faire. Il ne pourra pas lui restituer le Sénégal d'avant ce flot d'influences qui ont fait de Saint-Louis une plaque tournante de l'esclavage, mais il veut lui transmettre sa science des sols. Les deux hommes s'observent pour apprendre l'un de l'autre. Son assistant montre toutes les qualités d'un être empreint d'une spiritualité forte, s'exprimant par un rapport particulier au temps. Il fait tout avec peu de chose, comme s'il sentait que la dérive matérialiste est un siphon meurtrier. C'est avec lui qu'il passera le plus de temps au cours des quatre ans à venir, plus même qu'avec sa famille, qu'il laisse régulièrement pour de longues missions.

Il découvre tous les dangers de la brousse, et toutes ses récompenses quand, le soir venu, la tente montée, ils se posent autour d'un feu qui fait écho à celui qui embrase un horizon ondulant. La nuit, le cri terrifiant des hyènes recouvre la rumeur d'une faune qui envahit les ténèbres. Après quelques jours à s'enfoncer dans les étendues sauvages, à cours de vivres frais, ils chassent les pintades sauvages et le phacochère, le sanglier de la savane. Ils campent le plus souvent près d'un fleuve qui leur fournit l'eau, pour se laver, et que l'on peut boire après l'avoir fait longuement bouillir. De toute la faune, les animaux les plus dangereux, parce que les plus imprévisibles, sont les hippopotames. Lorsqu'ils sont tapis dans le lit de la rivière, on ne voit que leurs yeux scrutant pacifiquement la surface. Ce qui rend leurs charges d'autant plus terrifiantes : soudain, leur masse impressionnante émerge dans une fureur incompréhensible. Ils ont essuyé plusieurs déchaînements de cette violence-là. Il est arrivé que Demba s'interpose entre lui, qui ne pouvait courir, et l'énorme mammifère, pour lui laisser le temps de la retraite, retenant l'animal par de mystérieuses incantations. Ils n'ont jamais eu besoin de faire feu, sinon pour se nourrir en fin de prospection, quand les vivres venaient à manquer. Quand il parlera plus tard de la faune, il dira que les animaux l'ont plus observé qu'il ne les a vus lui-même. Connaissant la nature de l'homme, la faune l'évite, et il faut l'obstination meurtrière d'un chasseur de gros gibier et de ses guides pour débusquer un lion, espèce qui, dans ces années-là, avait déjà presque disparu, victime de ce que produit chez l'homme l'alliance de la fortune et de l'esprit assassin.

Il leur arrive de partir un mois sans croiser personne, de rejoindre des villages qui bordent de nouvelles cultures qu'ils aident à développer, en plantant des agrumes le plus souvent. Il goûte une liberté intense dans ces étendues pleines de vie où l'esprit ne réclame ni dieu ni prophète. Mais Demba a le sien, un Dieu importé par les Arabes, bien avant que les Blancs ne foulent le sol de cette partie de l'Afrique. Le chrétien et le musulman partagent les mêmes valeurs et les convictions religieuses déclinantes du premier n'y changent rien : la nature du bien et du mal résulte d'une forme d'immanence qui se joue des dogmes et de ceux qui s'y réfugient ou, pire, s'y dissimulent. Une fraternité vient à naître que rien ne pourra défaire, parce qu'elle ne tient pas aux mots mais aux longues heures de silence partagé. Il est devenu le marin qu'il voulait être, un marin des grandes terres.

Au retour d'une de ses missions, elle lui annonce la visite de ses parents. À sa voix, il sent une vraie joie mêlée d'une grande appréhension.

Quelques semaines plus tard, à la passerelle, après avoir assisté au dernier virage du Super Constellation qui se pose dans une tornade de poussière, ils les attendent avec leurs deux enfants, voient la porte s'ouvrir et le grand invalide sortir en costume trois pièces, tenant la rambarde d'une main, son feutre de l'autre. Il cache Meno qui, à trop vouloir les regarder, a failli manquer une marche. Elle est ivre de joie. Elle en pleure beaucoup, trop. Son mari, qui ne peut les embrasser, presse les enfants contre lui. Meno est ébahie devant la maison moderne du couple, par la domesticité, et la position sociale que cela leur confère. Pour eux qui ont vécu les premières rigueurs de l'hiver dans leur pavillon, ce nouveau monde qui s'offre suffit à lui seul à expliquer les colonies. Elle n'est pas longue à donner des ordres à la jeune femme qui s'occupe des enfants, mais son beau-fils ne veut pas de ce ton-là dans sa maison envers les employés, et il le lui dit sèchement. Le feu follet a pris les pluies de l'orage, mais il en faut plus pour saborder l'enthousiasme de Meno. Elle en devient lyrique. Les enfants sont couverts de cadeaux qui les occupent pour un moment. Les employés se regroupent dans un coin du couloir pour observer le grand-père dont le visage est entre masque et calvaire. Ils lui témoignent un grand respect, comme le feront tous les Sénégalais qu'il croisera et qu'il saluera en levant son chapeau. Le Croix-de-Feu d'avant la guerre a toujours été d'une droite étonnamment généreuse, et lui n'a pas oublié le sacrifice des tirailleurs sénégalais précipités dans la mort sans avoir compris ce qui les avait conduits à cette funeste extrémité. Sur sa mise, il n'accepte aucune relâche. Quitter sa cravate, vaincu par la chaleur étouffante, lui demande un effort surhumain. Il connaît une joie profonde, à la mesure de la tristesse qu'il s'est interdite au cours de ces longues années où il a été privé de sa fille.

Elle n'a jamais regretté ce grand saut mais, maintenant que ses parents sont là, près d'elle, elle en est soulagée.

Les interminables missions en brousse de son mari ne l'empêchent pas de travailler. Elle s'épanouit sans se poser trop de questions. Elle est légère et confiante, telle qu'ils ne l'ont jamais vue en France. Sa mère a remarqué combien elle s'applique à garder un équilibre subtil entre ses enfants et son mari, comme si elle craignait que d'être trop mère la rende moins femme.

Ils passent du temps avec ses parents, les emmènent à la plage où l'un et l'autre restent habillés comme pour la messe, les conduisent à l'intérieur des terres dans la Jeep qui rebondit sur les bosses de la route. Meno et le grand invalide s'installent et commencent à prendre leurs habitudes.

Un soir, à table, ils s'inquiètent de la situation politique sur ce vaste territoire auquel l'administration française accorde de plus en plus d'autonomie. Lui n'y voit aucun sujet d'inquiétude, mais le processus naturel d'émancipation se dessine dans des frontières encore instables. L'indépendance est pour demain, ou après-demain. La décolonisation générale lui paraît souhaitable, mais elle ne se fera pas sans fustiger à un moment ou un autre ceux qui se sont approprié ce territoire depuis plus d'un siècle. Ce sera la fin de leur vie outre-mer. Meno, qui a peur de tout, craint bien entendu que tout cela ne se finisse dans un massacre. Il n'y croit pas. Pas plus qu'il ne croit que les bricolages politiques ne pourront éviter une pleine indépendance. On parle de l'Algérie, où le général Massu a maté la rébellion à Alger avec dix mille parachutistes, preuve que, si on s'en donne les moyens, on peut se maintenir. La grand-mère, en bonne Occidentale qui ne peut se résoudre à se défaire de ce qui lui appartient, ose cette réflexion. En cela, elle n'est pas très originale. Avec Massu, le déshonneur s'ajoute à la violence, on autorise la torture pour venir à bout des terroristes du FLN. Et la France, à peine remise de la fracture de la collaboration, en dessine une autre. Les partisans et les adversaires de l'indépendance se déchirent à coups de manifestations réprimées et d'attentats. Plus de dix mille jeunes Français sont morts pour ce territoire perdu, mais les Algériens n'abdiqueront jamais. Peu importe que ce combat pour l'indépendance les prépare à une future colonisation de l'intérieur, à une confiscation du pouvoir qui perdure soixante ans plus tard, laissant une population aussi exsangue que désespérée. Mais dans ces années-là, les Algériens se bercent encore des illusions qu'on entretient sur soi-même, propres à tout mouvement révolutionnaire. Des idées généreuses flottent dans l'atmosphère d'Alger, l'espoir d'une société plus juste que celle imposée par les colons, qui semble à portée de main. Pourtant elle ne viendra jamais.

Alors qu'ils en discutent à table, comme d'un sujet lointain, elle n'imagine pas que ses responsabilités futures la conduiront là-bas quelques années plus tard.

Son père, le grand invalide, est fatigué de cette guerre civile qui conduit la France à s'abaisser dans un conflit que lui, l'officier de 14, aurait eu honte de mener. On s'abîme là-bas une nouvelle fois. Ses petites phrases courtes sont loin d'exprimer toute sa pensée et tout son mépris pour cette classe politique qui ne distingue plus la gloire du déshonneur, trop occupée à survivre aux turpitudes d'une république parlementaire épuisée par sa lâcheté et ses combines d'appareil. De Gaulle lui paraît le seul capable d'éviter une guerre civile, lui qui a su avec tant d'élégance gommer le souvenir désastreux de la précédente, mais, rétorque son gendre, avec l'inconvénient majeur de ne pas avoir purgé le pays de tous les imposteurs de la collaboration.

On en vient à parler du cousin Pierre, qui a renié le communisme, ce dont son oncle se félicite. Il pense qu'il n'a jamais été communiste que par discipline familiale, et par fidélité à une des branches de la Résistance qui est loin d'avoir démérité. Il fait bien, parce que le capitalisme français, même s'il est un peu mixte compte tenu de son secteur public omniprésent, accomplit des merveilles. En dix ans, la production intérieure a doublé et on atteint le plein-emploi. Pour le grand invalide, il ne manque plus qu'un système politique qui colle à cette réalité, et seul de Gaulle peut redonner au pays le lustre qui correspond à sa situation économique. Le grand Charles tient sa grandeur de la considération qu'il témoigne à la nation, malgré le jugement mitigé qu'il lui arrive de porter sur ses habitants. La IIIᵉ et la IVᵉ République ont épuisé la confiance des Français dans leurs hommes politiques et pourraient bien, vu la situation algérienne, n'avoir le choix qu'entre des généraux, de Gaulle d'un côté, des tortionnaires étoilés de l'autre. Le grand invalide mise tout sur l'illustre, avec lequel il a eu l'occasion de correspondre sur la question des blessés de la face.

Alors qu'il s'en tient d'ordinaire à une stricte réserve, il conseille à son gendre de rentrer en France, pour ne pas rater les occasions qui se présentent avec le boom économique. Selon lui, les États africains associés demanderont bientôt une pleine indépendance qu'on n'aura pas la force de leur refuser, à cause de cette guerre en Algérie toutes ces forces et tous ces moyens sont mobilisés pour conserver un seul département. Mais le Breton sait que rentrer en France l'obligera à rejoindre un groupe industriel dans l'Est ou dans le Nord, à avoir sa maison près de l'usine, à se conformer à une hiérarchie rigide, à favoriser des actionnaires au détriment des ouvriers. Il n'a jamais mis les pieds sur un site industriel mais il s'imagine ce que ce sacerdoce de la production peut avoir de sinistre après la lumière d'outre-mer. Pourtant, s'il veut que sa femme puisse s'épanouir dans un travail à la mesure de ses qualifications, il faut bien revenir en France. Il ne se sent pas le droit d'hypothéquer la carrière de celle qu'il aime pour le plaisir d'arpenter ces étendues sauvages.

Le grand-père passe ses journées à jouer avec ses petits-enfants. Il jubile. Jour après jour, durant cinq années, dans sa chambre d'hôpital du Val-de-Grâce, il a pensé être à jamais privé de descendance. Il revit dans sa mémoire cette mission de reconnaissance, au petit matin calme, quand une déflagration l'avait sorti de ses songes. Il a cru mourir mais, par chance, la gangrène respecte les visages. Plus tard, il s'est imaginé qu'avec une gueule pareille, à faire péter un miroir, sans palais ni lèvres, il ne risquait pas de trouver une fille à embrasser, lui qui avait multiplié les conquêtes avant la guerre. La première fois qu'il s'est présenté aux yeux de ses petits-fils, ils ont vu, même s'ils étaient encore loin de le comprendre, un homme qui avait fait le tour de l'humanité. Il compte sur sa descendance pour effacer l'échec de sa propre existence sabotée par deux guerres. Il compte sur sa fille, il compte sur les enfants de celle-ci, pour que sa génération ne soit plus que le souvenir malheureux de ce qu'il ne faudra jamais reproduire.

C'est une bien lourde charge pour un enfant de

quelques mois qui joue dans des vêtements qui le font ressembler à une petite fille, aussi bougon que potelé, le regard sombre et les cheveux blonds. Afin de le faire changer d'humeur, son grand-père accroupi, dans son costume trois pièces dont il n'a tombé que la veste, lui tire la langue par le nez, une commodité particulière qu'il a conservée après une quinzaine d'opérations visant à lui redonner un visage humain. Il bave aussi. Il a toujours un mouchoir à la main, brodé à ses initiales, pour absorber ce ruissellement. Il parle sans que jamais on ne puisse le comprendre tout à fait, mais déjà, dans le cerveau du petit enfant, tout s'engrange et se loge dans des recoins sinueux. La nounou se tient derrière eux, adossée à la haie du jardin, silencieuse et bienveillante, prête à intervenir si l'humeur du petit Blanc ombrageux venait à se gâter. Ce souvenir a été reconstitué à partir d'une photo en noir et blanc prise dans une vive lumière. Quand, bien plus tard, son grand-père viendra le chercher à la sortie de l'école sous le regard malveillant de ses camarades, il découvrira à quel point la différence dérange le petit animal que nous sommes, conditionné à une normalité rassurante. À l'empathie on substitue la peur de la différence, du handicap, de la pauvreté, de la contagion, peur individuelle, peur collective, peur de figurer soi-même la différence.

Le cousin Pierre doit mourir.

Par une longue lettre de sa cousine, il a appris, la veille de son départ pour Nice, qu'elle et son mari souhaitent qu'il devienne le parrain de leur dernier fils. Ils ont joint une planche de photos, prises par un photographe professionnel, qui tentent de saisir différentes expressions de l'enfant. Lui qui n'aura jamais d'enfant prend très au sérieux la demande et la responsabilité qui lui est attachée. Au cas où les parents disparaîtraient, il deviendrait le tuteur légal de l'enfant. Il a rédigé sur le trajet aller une courte lettre qui dit tout son enthousiasme et sa reconnaissance que l'un et l'autre se soient accordés sur son nom. La marraine désignée est Michèle, la plus proche amie du père de l'enfant.

À Nice, il ne passe que deux jours, le temps de rencontrer un important client allemand en villégiature. Ils signent un contrat qui les lie pour deux ans, puis ils prennent du bon temps. Le 14 juillet passé, les températures montent, pour le plaisir des vacanciers qui déambulent sur la promenade des Anglais dans une nonchalance étudiée. L'Allemand se réjouit d'avoir fui la fraîcheur de l'été à Brême où se trouve son usine de confection. Il profite élégamment de sa réussite, sans ostentation. Il a servi l'Allemagne nazie comme sous-marinier. Il a passé deux ans dans ces boîtes immergées saturées des vapeurs de diesels tournant à plein régime. Il n'a jamais adhéré aux idées nazies mais il a obéi. L'entreprise familiale ayant été détruite par les bombardements, il s'est attaché à la reconstruire et à la relancer avec succès. Pierre, son fournisseur, est devenu son ami. Alors que quinze ans plus tôt ils ne vivaient que pour s'entre-tuer, les voilà réunis dans une joyeuse complicité, à la faveur des Trente Glorieuses. Le labeur lié à la reconstruction est achevé et on peut s'enrichir pour de bon sans être mêlé à de trop contestables affaires. Dans les hautes sphères on travaille à construire une Europe du commerce et, on le sait, le commerce est le meilleur moyen d'éviter la guerre. Ils participent de cet enthousiasme, de ce rapprochement en pleine construction.

À trente-six ans, le cousin est gagné par l'embonpoint. Il ne compte pas particulièrement sur son physique pour séduire les femmes, mais il les couvre d'attentions. Entreprenant, jovial, généreux, il ne fait jamais de fausses promesses hormis celle d'être un amant fidèle. Il s'est organisé un réseau de conquêtes dans différentes villes de l'Hexagone, des femmes mariées, le plus souvent, qui vivent avec lui des jours de fête sans lendemain. C'est avec une de ces femmes qu'il passe ce qui sera la dernière nuit de sa vie. Le lendemain, il organise avec son client l'approvisionnement en velours de l'usine de Brême, ce qui va l'obliger à faire le tour d'Europe pour réunir une quantité importante de tissu dans un délai très court. Une occasion de prendre le train qu'il aime tant.

Le train de nuit pour Paris partant tard, il profite de cette dernière journée comme de chaque jour, goulûment. Il fait une provision de quotidiens et de magazines au kiosque à journaux et, calmement, se met en route en direction de la première voiture, juste derrière la locomotive, au bout du quai. L'atmosphère des départs l'enchante, parfume son esprit. Il remonte le long du train, plein de curiosité pour ces passagers qui s'agitent dans tous les sens, s'embrassent, s'énervent, tirent des valises énormes. Un homme à la fenêtre d'un compartiment de seconde l'a remarqué, l'observe, le fixe et saute du wagon à sa rencontre. Le cousin ne le reconnaît pas dans un premier temps, puis un plissement à la commissure des lèvres lui rappelle qui est cet homme. Ils se sont vus brièvement le matin du grabuge de Caluire. Pierre, qui descendait des monts du Lyonnais, marchait sur le pont de la Guillotière, une valise pleine d'argent à la main, quand il était apparu pour lui conseiller de rebrousser chemin. Ils ne se sont jamais vraiment parlé, mais Pierre doit la vie à cet homme qui lui a évité de tomber dans le piège tendu à Jean Moulin. Le cousin lui propose de le rejoindre dans son wagon de première. Il payera le supplément car, visiblement, l'autre n'a pas son aisance financière. Il interpelle aussitôt un contrôleur et lui demande de faire le nécessaire. Le contrôleur étudie scrupuleusement le plan du train et, d'une mine désolée, lui fait savoir que les premières classes, à l'avant du train, sont complètes. Les deux hommes décident alors de voyager ensemble à l'arrière du train. Le cousin a bien l'intention de compenser ce désagrément en invitant son camarade au wagon-restaurant.

Ils se sont longuement parlé de leur parcours dans la Résistance, l'un est resté à Lyon, l'autre est parti pour Bordeaux après le drame de Caluire. Le cousin raconte son ascension : il a débuté au bas de l'échelle, mais les arrestations successives de ses supérieurs et leur exécution le propulsent en quelques mois à la tête de son réseau. Sa réussite a fait écho dans le milieu des anciens résistants authentiques. On loue sa discrétion, ses médailles remisées, le fait qu'il n'ait jamais essayé de tirer le moindre avantage de son passé. Il est heureux d'offrir un bon dîner à un homme qui lui ressemble, un héros qui s'excuse de l'être, cadre moyen qui se souvient avec nostalgie de ses responsabilités à une époque où beaucoup les évitaient. À minuit, ils sont les derniers dans le wagon-restaurant et partagent un grand moment de fraternité. Pierre sait ce qu'il doit à cet homme : il lui doit simplement la vie. Le serveur en livrée attend gentiment la fin de l'évocation de leurs souvenirs pour débarrasser les verres d'alcool.

Une heure et quinze minutes plus tard, à la sortie de la gare de Bollène-La Croisière, alors qu'il a enfin réussi à s'endormir, Pierre est réveillé par un vacarme inhabituel. Le train prend de la gîte avant de s'immobiliser, penché. Une erreur de signalisation l'a fait passer à quatre-vingts kilomètres à l'heure sur un tronçon normalement limité à trente, et dérailler. Dans l'accident, un rail a éventré la chaudière de la locomotive et l'eau bouillante est entrée par les fenêtres que les voyageurs avaient laissées ouvertes pour profiter de l'air frais. De nombreux morts et blessés graves sont à déplorer, mais exclusivement dans la première voiture, où Pierre aurait dû dormir. Cet homme lui sauve la vie une seconde fois. Est-ce l'impression de trop lui devoir ? Il ne le reverra jamais.

La parenthèse des beaux-parents refermée, il reprend ses tournées de prospection du vaste empire qui lui a été assigné. Lui et son indéfectible binôme continuent à parcourir la savane, la brousse et les déserts, à la recherche de terres pour nourrir leurs populations. Ils s'arrêtent parfois dans des bourgades perdues où quelques colons baignent moitié dans l'alcool et moitié dans le désespoir devant l'imminence de la fin de leur suprématie. Beaucoup sont habités par une peur sourde, celle de voir ces populations si longtemps dociles leur faire payer bientôt ces décennies de mépris. Eux aussi redoutent le retour en métropole, la routine des villes aux hivers redoutables. C'est la seule chose qu'il ait en commun avec eux.

On a eu beau bricoler des formulations magiques d'« État associé », créer des gouvernements mixtes, essayer de garder le pouvoir en faisant mine de le redonner, l'affaire est entendue, on s'achemine vers l'indépendance de ces territoires d'Afrique occidentale et les colons savent que la France ne s'infligera pas une nouvelle guerre pour les sauver dans ces contrées lointaines, alors qu'elle peine à conserver l'Algérie, cette Algérie dont tout le monde parle comme du tombeau de l'expérience coloniale. L'obsession des colons qu'il croise est de savoir si, une fois indépendants, ces États accepteront qu'ils restent, et à quelles conditions.

Ils ne savent rien de la future formation d'une cellule spéciale de la présidence de la République, instaurée par de Gaulle, dont l'objectif sera de reprendre le contrôle de ce qui a été abandonné, pour éviter à ces nouvelles nations de sombrer dans la spoliation américaine ou le collectivisme soviétique qui rêve de proliférer dans la chaleur africaine. On met en place des dirigeants fantoches qui recycleront l'argent détourné dans leur pays avec notre appui, en remerciement de leur fidélité à la France, pour l'investir dans les beaux quartiers de Paris et dans nos banques. C'est ce qu'on appelle en langage politique fleuri « créer de la stabilité ».

Dans les bourgades reculées, il ne rencontre pas seulement des colons. Des Libanais y assurent souvent le commerce des marchandises de première nécessité, dans des échoppes dont on se demande comment elles leur permettent de vivre.

De toutes ses rencontres, l'une comptera plus que les autres. Le milieu des autorités est essentiellement celui de la politique, de l'avancée, de la reculade, du double langage et de la trahison souriante. Mais il arrive que des hommes remarquables surgissent où on ne les attend plus, comme ce colonel, commandant militaire de Mauritanie auprès de qui on le recommande. Il a une sorte de réticence à l'égard des militaires, une aversion pour l'obéissance aveugle, l'asservissement du libre arbitre dans une chaîne de commandement qui peut conduire aux pires exactions. C'est avec cet a priori négatif qu'il débarque dans le bureau de l'officier. Cet homme a été, en 40, l'un des derniers à résister à l'avancée allemande dans le Cotentin, ce qui lui a valu d'être retenu prisonnier dans un camp en Pologne, dont il s'est échappé en profitant de l'avancée russe pour finalement rejoindre la France à pied. Mais avant cela il a été méhariste pendant six ans, et il connaît la Mauritanie mieux que personne. Entre-temps, il a servi en Indochine. On ne sait pas grand-chose de la première rencontre entre les deux hommes, mais ils se reverront souvent à l'occasion de missions à Conakry. Il semble que le colonel, son aîné d'une vingtaine d'années, ait perçu chez ce jeune homme qui parcourt la brousse sur une jambe et demie une force de caractère qu'il n'oubliera pas, lorsque, neuf ans plus tard, devenu général, il sera amené à prendre des fonctions particulières.

Plus il s'enfonce dans ces vastes territoires où sa vraie nature s'exprime, plus il doute de sa capacité à se réinsérer dans cette vie « normale », qui n'est qu'une forme d'aliénation acceptable, qui régule votre temps, vos besoins et leur satisfaction. Alors il en profite pour sillonner sans relâche ces terres qu'il ne reverra plus. Il ne reviendra jamais en Afrique, mais il n'oubliera pas Demba, si élégant, qu'il conviera en France, chez lui, à partager des moments silencieux.

Une panne fatale de la Jeep, le véhicule de toutes leurs expéditions, les oblige à revenir en avion de leur ultime escapade. Ce voyage dans un DC3 qui suit une ligne mal tracée au gré des effets de sol, de la chaleur, qui remonte l'engin vers le ciel en brutalisant la carlingue fatiguée, manque de leur être fatal. À l'arrière, un Peul s'est installé sans bruit, en tailleur sur le plancher de l'appareil. Il a sorti d'un sac des brindilles qu'il a disposées avec précaution en étoile avant d'allumer un feu pour faire bouillir l'eau de son thé. L'image lui restera.

Il n'en parlera pas souvent mais chacun sait que sa vraie nature, son besoin de se confronter à un quotidien qui exige d'affronter physiquement les éléments, s'est exprimée au cours de ces semaines, de ces mois de brousse. Sa femme lui a laissé vivre ces moments précieux, sans peser de son inquiétude, de son impatience ni de ses reproches. Et quand il quitte ce paradis déjà perdu, c'est pour qu'enfin elle puisse pleinement s'épanouir.

De retour à Paris, ils se sentent comme des réfugiés. Ils se précipitent en Bretagne pour retrouver ses parents qui n'ont pas changé, quelques rides mises à part. Marguerite continue à boire, assez pour supporter un marin définitivement à quai, assez pour diluer sa mélancolie. Elle boit du vin, du vin de table qu'elle cache parmi les produits de vaisselle. Son alcoolisme de pauvre la ravagera de l'intérieur au cours des dix années qu'il lui reste à vivre. Le

Bosco boit, lui aussi, mais pas comme elle. Il petit-déjeune au calva, arrose l'en-cas de dix heures, puis s'accorde une pause à midi avant de reprendre, l'après-midi, la tournée des fermes des cousins, pour enfin s'accorder un dernier verre au bar du village avant de dîner, à l'eau, pour rincer tout ça. Il lui reste trente ans à vivre à ce rythme. Ils découvrent leurs petits-enfants, intrigués par cette maison austère, devant la porte de laquelle s'alignent des sabots de bois. On se laisse glisser sur les parquets cirés avec des patins qui vous donnent une démarche de chasseur nordique. Leur grand-mère les étreint comme si elle avait cru ne jamais les voir. Pendant que parents et grands-parents se réhabituent les uns aux autres, les enfants découvrent ce qui deviendra un lieu de vacances, parfois un peu redouté.

Cette fois il ne se baigne pas. Il ne renie ni la terre ni la mer de son enfance, ce sont elles qui se détachent de lui. Les jalousies de village, les petites joutes d'orgueil qui agrémentent la vie des sédentaires se conçoivent chez les gens de l'intérieur, mais les marins ? Comment comprendre que ces hommes qui ont embrassé le monde se replient aussi vite sur des intrigues mesquines ? Elle qui ne dit jamais grand-chose en présence de ses beaux-parents de peur de les froisser — elle est restée la fille qui a donné à leur fils « le virus de la bourgeoisie » — voit son mari se désoler de la pente fatale que ses parents ont empruntée, tournant lamentablement le dos à cet héroïsme qui fut le leur et dont il veut garder le seul souvenir.

Au plus profond de lui-même, il est dévasté par ce long et progressif renoncement de sa mère aux joies de l'existence, comme si elle n'avait vécu que le temps de permettre à ses enfants de prendre en main leur destinée. Elle s'étiole irréversiblement, dans un déni qui rend tout secours impossible.

La famille repart pour la région parisienne. Il va falloir s'atteler à trouver du travail pour de bon, avec l'idée de quitter au plus vite cette agglomération tentaculaire.

Avec leurs économies, ils se sont acheté un petit appartement dans une banlieue tranquille au nord de Paris, non loin d'un champ de courses, mais c'est un pur hasard. La tâche consistant à trouver, non pas un, mais deux emplois, même en ces temps d'expansion économique, se révèle plus difficile que prévu. Il passe par l'association d'anciens élèves de son école, qui l'oriente toujours vers les mêmes postes d'ingénieur d'usine dans la chimie, auxquels il associe des images d'atmosphères soufrées, de bourgades perdues, où l'usine fait vivre l'arrondissement, au point qu'on n'ose rien lui reprocher, pas même de balancer de la dioxine dans les poumons des gamins qui vivent, autour, dans des maisons ouvrières construites au début du siècle par ces patrons paternalistes qui ont inventé le lotissement. La perspective est alors de devenir un jour, quand la calvitie vous a dégarni le sommet du crâne, directeur d'usine, dans l'attente de la consécration au siège parisien, loin des ouvriers mais près des actionnaires, dans ces bureaux feutrés qui tournent le dos à la grossièreté du processus industriel. Il a plusieurs opportunités, dans un bassin minier, dans des hauts-fourneaux, partout où se développe la puissance industrielle du pays, de préférence dans des régions froides et austères où l'on ne risque pas d'être distrait par la nature et ses charmes. Il vise finalement un domaine beaucoup plus propre, loin des fumées et de leurs retombées acides, celui de la recherche scientifique, dans un secteur auquel de Gaulle, qui préside aux destinées du pays depuis trois ans, attache une attention particulière, le nucléaire. « Hélas c'est par le fracas de l'explosion d'Hiroshima que cette nouvelle conquête de la science nous fut révélée. Je suis convaincu que cette nouvelle conquête apportera à l'homme plus de bien que de mal. » Quand Frédéric Joliot-Curie prononce ces mots à l'Académie des sciences en 45, on n'a effectivement vu que le mal, les photos de ces hommes, de ces femmes, de ces enfants japonais calcinés dans les restes apocalyptiques d'une ville dévastée. Envisager le meilleur pour l'humanité à partir de cette expérience morbide, seule l'« intelligence » humaine en est capable. On sait que le modèle industriel dans lequel on s'est littéralement engouffrés pour le bien-être matériel du plus grand nombre nécessite une énergie considérable. On sait tout aussi bien que cette électricité vient essentiellement du charbon et du pétrole. Mais la décolonisation qui s'achève a remis les puits pétroliers entre les mains de nouveaux États dont les destinées sont aléatoires. La concentration d'une grande partie de la manne pétrolière aux mains de princes bédouins convaincus que la richesse infinie est un pont construit entre Dieu et leur personne rend les approvisionnements occidentaux particulièrement risqués. La France, contrairement à d'autres pays, comme les

États-Unis, n'a aucune ressource propre. De Gaulle pense que la grandeur passe par l'indépendance énergétique. Il s'est engagé en faveur du nucléaire dès 1945, et son arrivée au pouvoir ne fait que relancer sa volonté de construire des centrales et de doter la France d'armes dont les essais commencent dans le Sahara. Mais le nucléaire ne se développe pas sans minerai. Tandis que le pétrole se trouve principalement sur les anciens territoires britanniques, les vastes étendues de nos anciennes colonies regorgent d'uranium. On comprend ainsi la constitution de cette cellule de la Françafrique, chargée de veiller à ce que la politique n'en vienne pas à compromettre nos approvisionnements, et donc notre indépendance énergétique. Un pays sans force de frappe nucléaire est une puissance impuissante et de Gaulle ne le permet pas. La France ne veut pas devoir compter sur les États-Unis. Bientôt les Américains voteront une loi qui leur autorise toute intervention militaire en territoire étranger dès lors que leur niveau de vie est menacé. Certains pays d'Amérique du Sud payeront par des coups d'État sanglants le fait d'avoir nui aux intérêts des multinationales américaines.

Ni l'un ni l'autre ne sont particulièrement gaullistes. Ils n'apprécient pas ces vieux conservateurs et ces affairistes qui prospèrent dans l'ombre du Général. De l'autre côté de l'Atlantique, John Fitzgerald Kennedy a été élu alors qu'ils faisaient leurs malles pour revenir en métropole. Sa modernité, son pacifisme, son élégance alimentent l'optimisme de leur génération. Ils ne sauront jamais que, dès son accession au pouvoir, JFK a été sollicité par le haut commandement militaire pour engager un conflit nucléaire avec l'Union soviétique en vue de profiter de l'avance technologique américaine à ce moment de l'histoire. Les faucons de l'état-major lui ont tout simplement demandé de pulvériser la moitié d'un continent, avec le sang-froid d'un docteur Folamour, dans la plus parfaite préméditation. Kennedy s'en est offusqué, les a déboutés d'un revers de la main, créant de ce geste, en partie, les conditions qui conduiront à son assassinat, trois ans plus tard.

Or la première réponse positive qui lui parvient concerne un poste en lien avec les États-Unis. Il lui est proposé par une grande firme industrielle qui voudrait faire de lui l'homme pivot de la recherche opérationnelle sur une nouvelle application de la science destinée à faciliter les contraintes de la ménagère.

Pour la première fois, il enfile un costume gris qui le vieillit de dix ans. La chemise blanche est fermée au col par une cravate en laine tressée qu'il a nouée à plusieurs reprises avant de parvenir à faire un nœud correct. Au matin, ils ont fait un bilan, elle et lui, de leurs recherches d'emploi. S'agissant d'elle, les postes proposés sont systématiquement très inférieurs à ses qualifications. En réalité, l'employeur mâle ne fait pas au diplôme de la femme la même confiance qu'à celui de l'homme, et demande une sorte de période d'essai dans une fonction subalterne de secrétaire ou d'assistante. On ne lui propose aucun poste d'encadrement, le boom économique ne justifie pas que des femmes dirigent des hommes. Elle regrette déjà l'Afrique, mais elle ne se décourage pas et continue à inonder de candidatures l'industrie française. Ils ne peuvent se permettre le luxe d'attendre, leurs réserves financières, liées à leur statut d'expatrié, ne dureront pas plus que l'année.

Il prend le train, puis le métro. Sa dernière descente dans les entrailles de Paris remonte à dix ans et il n'en a aucune nostalgie. Il finit, en nage, par atteindre la place de l'Étoile, près de laquelle se trouve le siège de l'entreprise qui propose le poste. Devant l'immeuble haussmannien, il est loin de se douter que, dans un avenir lointain, deux de ses arrière-petites-filles descendront du baron bâtisseur qui, en creusant des marécages lors des travaux colossaux commandés par Napoléon III, a créé les conditions du retour du paludisme dans la capitale. Et de paludisme, il est justement question car, en montant les escaliers du métro, il sent des frémissements, une fièvre qui se déclare. Il n'a pas le temps de regagner son lit et doit attendre sur un banc public que l'accès de malaria ait faibli.

Il n'avait encore jamais contemplé les fastes du capitalisme à la française. Il s'en dégage une austérité qui n'a d'égale que la rigueur qu'elle souhaite inspirer. Le décorum est d'abord là pour impressionner, comme dans tous les lieux de pouvoir. On le fait attendre dans un salon boisé où les dorures dessinent quelques figures symétriques. Une commode ventrue Louis XV au plateau de marbre blanc supporte une pendule Louis XVI, son petit-fils, entourée de deux chandeliers. Au mur, un large tableau accroché représente un carrosse de la fin du siècle précédent remontant l'avenue des Champs-Élysées sous le regard des passants. Au moment où il commence à trouver le temps long, une secrétaire fait son apparition, l'invite d'un sourire à la suivre et, voyant qu'il se lève avec difficulté, le gratifie d'un soupir.

L'homme qui le reçoit a le regard caché derrière des lunettes à monture épaisse. Il en vient assez vite à l'essentiel : le groupe souhaite développer une technologie déjà employée dans l'élaboration des premières bombes nucléaires américaines, avant de trouver un débouché commercial pour le grand public. Il s'agit du Téflon, un polymère thermoplastique et thermostable qui possède une inertie chimique remarquable et un pouvoir antiadhésif qui l'est tout autant.

Il cite toute une série d'applications de ce produit développé par l'entreprise chimique Du Pont de Nemours comme imperméabilisant, avant d'en venir au cas d'un ingénieur français qui a eu le génie de coller cette matière à de l'aluminium pour en faire des casseroles antiadhésives. Le marché a explosé, pas seulement parce que Jackie Kennedy en personne a posé avec un de ces accessoires de la ménagère modèle, mais parce que cette propriété antiadhésive libère tout simplement la femme d'avoir à récurer les fonds de casserole auxquels ont collé des aliments qui ont brûlé. Le marché est immense, il est en expansion et leur groupe, qui produit entre autres de l'aluminium, y est associé. Il recherche donc un ingénieur qui serait l'intermédiaire scientifique avec les groupes fabriquant les produits finis, c'est-à-dire les casseroles. L'objectif est ambitieux : remplacer le parc de casseroles en fonte du monde entier par des casseroles antiadhésives en aluminium.

La question qu'il pose à ce moment-là surprend son interlocuteur. Elle concerne les études menées sur les effets du produit. Il a entendu dire que l'utilisation du Téflon à certaines températures le dégradait, libérant des molécules chimiques cancéreuses. Comme toujours, devant une perspective de gain immédiat et massif, on ne s'est pas attardé à étudier précisément les conséquences du produit sur la santé humaine. Ou, comme aux États-Unis chez Du Pont de Nemours, on les connaît parfaitement, mais on est bien décidé à les dissimuler pour ne pas compromettre une perspective de profits considérables. Le crime industriel n'est de toute façon pas réprimé comme le crime ordinaire, dans le pire des cas on négocie des indemnités, on dédommage sans que jamais aucun dirigeant ne soit inquiété par la justice.

La conversation ne va pas jusque-là. Lui sait que travailler dans cette industrie demande une élasticité morale qu'il ne possède pas. Si son interlocuteur comprend que le poste ne l'intéresse pas, il remarque néanmoins la pertinence de ses questions, sa rigueur, l'étendue de ses connaissances et, au lieu de l'éconduire, il lui propose un poste dans la recherche du groupe dans le domaine de la physique nucléaire. La proposition l'intéresse, mais déjà la fièvre s'installe en maître dans son organisme, et il repart en se disant disponible pour d'autres entretiens. Il espère aussi gagner du temps pour étudier la possibilité que sa femme trouve un emploi au même endroit, là où est installé ce centre de recherches, aux abords d'une vallée industrieuse, près d'une grande ville ceinturée par des montagnes oppressantes. La fièvre le terrasse, il n'a plus la force de descendre les escaliers du métro. Alors il s'assied sur les marches, et s'endort. Quand il se réveille, des pièces de monnaie ont été posées près de lui par quelques âmes charitables qui ont cru à son indigence.

À chaque entretien, on lui demande pourquoi elle veut travailler, alors qu'elle est mère de famille, que son mari est ingénieur. Il suffit d'un seul, se dit-elle, un seul homme qui sache qu'une femme peut faire aussi bien, si ce n'est mieux. Elle finit par le rencontrer. Il est au bout de la chaîne d'embauche. Les entretiens précédents se sont plutôt bien passés. Au premier, on essaye de la dissuader de travailler mais, devant son insistance, on la laisse poursuivre son parcours du combattant. L'homme a la tête allongée, les cheveux gris presque blancs coupés court, rasés sur la nuque. Il l'observe d'abord comme une curiosité et commence par lui parler de sa femme, collée à la maison avec leurs six enfants, qui se sont suivis de couche en couche. Il se dit absolument opposé à ce que son épouse travaille, mais comprend qu'une femme veuille le faire, pour autant qu'elle en ait les qualités. Jusque-là, elle a travaillé dans des domaines plutôt éloignés de sa formation initiale, mais son expérience africaine l'intéresse. Il a certainement en tête à ce moment précis une idée qu'il ne dévoile pas, un plan caché qui lui donne la sensation d'avoir un coup d'avance. Il lui propose de la prendre à un poste subalterne pendant une période d'essai, avant d'ajuster plus tard ses responsabilités à son niveau d'études. La société dont il est le directeur est la filiale d'un groupe puissant. Elle est spécialisée dans l'ingénierie de l'eau sous toutes ses formes, en France aussi bien qu'à l'étranger.

Elle est prise, elle exulte. Lui est heureux qu'elle ne lui sacrifie rien.

On pouvait difficilement trouver un cadre de vie plus opposé à celui qu'ils ont connu jusque-là. La ville est comme un estomac rétréci aux deux bouts par des vallées étroites où se concentrent des industries chimiques, qui libèrent des vapeurs colorées comme si le ciel leur appartenait. Selon les vents, leurs odeurs nauséabondes envahissent la cité cernée de montagnes. Ces montagnes sont constamment présentes, pour le froid qui en provient, mais aussi pour leur promesse d'un monde meilleur. S'y promener est la récompense attendue des jours passés dans cette morne plaine où la pollution de l'air est une des plus fortes de France. La ville en elle-même n'a vraiment d'intérêt que pour ceux qui y sont nés. Son cœur est assez semblable à celui de tous les centres bourgeois, avec ses immeubles anciens, ses commerces et ses écoles, mais très vite il s'épuise dans des constructions d'après-guerre que les architectes de Staline ne renieraient pas. Elle n'est pas la seule : que ce soit à cause des dommages de guerre ou poussées par la natalité, toutes les villes de cette importance ont produit des cubes en béton sans se soucier d'esthétique. La cuvette dans laquelle elle se situe concentre l'air humide, aussi malsain en hiver qu'en été lorsque la chaleur fermente. Mais il y a certainement tout autant de raisons d'aimer cette ville, il faut simplement les trouver. La population y est alors un mélange d'autochtones à l'accent rugueux et d'immigrés, gitans sédentarisés, Italiens venus des provinces pauvres, et des Maghrébins, encore minoritaires, mais dont le nombre augmente considérablement avec la demande de main-d'œuvre des industries avoisinantes, poussés hors de leur pays par une pauvreté entretenue par leurs nouveaux dirigeants.

Ils ont loué un appartement sur un boulevard, à quelques minutes du centre bourgeois, aux lisières des premières cités. Ils sont à la place qui correspond exactement à leur situation sociale. Les entrepreneurs de la nouvelle génération, ceux dont l'aisance est récente, ont commencé à gravir les pentes des montagnes environnantes pour fuir l'air vicié en se faisant construire des maisons avec vue sur la ville.

Il faut imaginer ce que cela représente pour des enfants d'avoir quitté la chaleur du bord de mer et de se retrouver là, enfermés dans un courant d'air froid, à court de perspectives, le nez collé à des pentes qui se rapprochent quand elles annoncent le mauvais temps.

Commence pour eux une longue période de solitude inquiétante. Les parents doivent faire leurs preuves dans leur nouveau travail, se montrer à la hauteur des attentes de ceux qui les ont embauchés. La douceur enveloppante de la nounou africaine a été remplacée par la ferme attention d'une dame espagnole. Mme Spania veille désormais sur les enfants en écoutant Édith Piaf, qui n'a pas deux ans à vivre, sur un petit poste de radio grésillant, pendant que les parents sont à la conquête d'une double réussite.

On vit, on meurt, et entre les deux on essaye de donner du sens à tout cela. D'une certaine façon, le seul vrai courage consiste à l'accepter. Pour survivre il faut se construire une fiction sur mesure. C'est là que l'inégalité commence. Pas seulement dans la difficulté d'édifier cette fiction, mais dans la capacité d'y croire et de s'y maintenir. C'est la question du sens. Une question philosophique, mais la philosophie occidentale est en faillite. La spiritualité, le sacré l'ont quittée depuis longtemps, chassés par un fétichisme de l'abondance.

Leurs deux fils découvrent cette nouvelle vie comme des moutons sauvages un enclos. L'aîné, surtout, dans la conscience duquel les années de légèreté ont vraiment existé. Pour le second, c'est différent, à peine quatre ans, le temps de l'éveil au monde, de fabriquer des souvenirs qui pour la plupart viendront de films en 8 mm enroulés dans des boîtes en métal.

Les parents dévoués à leur réussite sont toujours absents la journée, et parfois le soir, car leurs obligations professionnelles commencent à les faire voyager. Lui s'est installé dans son centre de recherches, un accélérateur de particules qui comble son intérêt intellectuel pour la matière nucléaire. S'y ajoute sa passion pour les probabilités, dont il dénoue les problèmes à la maison sur un coin de table à l'heure où l'on ramasse les poubelles dans la ville. Il se lève tôt et disparaît vite après le dîner. Il s'est découvert un hobby qui soulage sa femme, la cuisine, une chimie des goûts. C'est souvent lui qui prépare le repas. Elle se bat, femme seule dans un monde d'hommes avec la force qu'elle tient de ne chercher d'estime et de reconnaissance que chez son mari. Leurs salaires sont équivalents, et cette égalité conforte leur couple.

La famille s'installe dans une routine. La « famille », c'est leur cadre atomique. Au-delà il y a la famille plus large, celle qui crée des problèmes, et, au-delà encore, les autres. Et parmi les autres, les amis, mais si loin désormais, la plupart sont encore en Afrique, en Nouvelle-Calédonie.

Leurs préoccupations ne se distinguent pas de celles de leurs contemporains, s'acheter un appartement, deux voitures. Puis vient la maison de campagne, en moyenne altitude, un chalet sans confort loué à une aristocrate pingre. Il est à une demi-heure de la ville, sur un plateau adossé à un éperon rocheux. Il ne donne pas sur les lumières de la ville mais sur de vastes prés rassurants.

Absents l'un et l'autre au quotidien, ils recherchent une éducation structurante pour leurs enfants. De stricte, l'éducation devient assez vite martiale sous la pression du père. Il considère ses enfants comme des privilégiés. Ses exigences avec son aîné sont excessives. Il doit, plus que le cadet, supporter le poids de l'exemple paternel. Son amour profond pour ses garçons se confond avec ses exigences. Le spectre de la déception devant des enfants sans génie déclaré, volontiers indolents, fainéants à l'occasion, se dresse devant lui. Les années passant, il remarque chez son cadet qu'à cette absence de qualités évidentes s'ajoute le caractère velléitaire de celui qui commence tout avec enthousiasme pour ne rien poursuivre, comme si l'énergie de mener quelque chose à bien lui faisait défaut. Il doit se contenter d'une descendance médiocre, selon ses critères de réussite, qui impliquent que chaque génération se doit de dépasser la précédente. Si son aîné a de fortes aptitudes aux sciences et un remarquable esprit pratique, le cadet est un désespérant généraliste de l'inaptitude. Contre ses colères, contre les privations qu'il leur inflige, leur mère n'est pas d'un grand secours, parce qu'elle ne veut pas ajouter la discorde dans leur couple à cette déception. Et le sentiment que ce couple est au-dessus de tout, le petit dernier commence à le ressentir comme une exclusion dont il se sert pour s'échapper dans son propre monde. On s'est longuement penché sur les blessures de l'enfance liées à la discorde, aux scènes de disputes et parfois à la violence entre parents. On en sait moins sur ces couples forteresses qui offrent à leurs enfants un front soudé, sans faille apparente et qui les renvoie à un étrange sentiment de solitude.

Ils prennent des vacances seuls, sans leurs garçons, qui ont l'impression que leurs parents les fuient, quand il s'agit de fuir cette ville fumante et son odeur de caoutchouc brûlé. Et puisqu'on leur répète qu'ils sont des privilégiés, que la vie a mis tous les atouts dans leurs mains, qu'on ne leur demande rien d'autre que de briller à l'école, ils font évidemment tout le contraire.

S'ils l'avaient examiné d'un peu plus près, ils auraient découvert que, derrière son caractère velléitaire, leur fils cadet est empêché de croire, de construire ce fameux boniment qui vous fait courir toute une vie.

On l'envoie au ski, dans ces stations qui défigurent les paysages en tendant des câbles entre des poteaux pour hisser des gens au sommet des pentes enneigées. Des sandales souples et traînantes, il est passé à de grosses chaussures en cuir et, deux fois par semaine, on le dépose à l'arrêt d'un car d'enfants dans le froid matinal. Une heure de nausée plus tard, quand le car a fini d'enchaîner les lacets, on le met sur ces tire-cul dont il tombe, la tête enfoncée dans cette neige qu'il commence à détester. Ensuite il faut descendre, le plus vite possible, parce que c'est comme ça, à peine sevré, on est déjà dans la compétition, on doit se mesurer aux autres, on crée la sélection. Il a comme un défaut d'adhésion à tout ce qu'on lui propose de faire.

Si les enfants menaient le monde, il serait en ruine. À cet âge, ils sont les marionnettes de leurs parents, un vernis de civilisation en moins, et on distingue déjà ceux qui marchent dans la combine de la socialisation de ceux, comme lui, les solitaires, les plus méfiants, qui s'observent en espérant créer des liens rares. Il est atteint de maturité physique tardive et d'un léger surpoids. L'activité physique le fatigue et l'école aussi. Mais il parvient pour l'instant à y donner le change, ne souhaitant rien de moins qu'en partir, sauf quand l'instituteur déroule les grands tableaux d'histoire sur lesquels il découvre le visage des rois. Il est bien quand il est seul, parce qu'il a découvert qu'il s'ennuie moins avec lui-même qu'avec les autres. Il a besoin d'intimité avec sa mère, qui lui en donne trop rarement. Lorsque son père s'absente pour son travail, elle le prend contre elle dans son lit, elle lui lit des histoires, mais elle abandonne ce rôle de mère aimante sitôt son père rentré, comme si elle craignait qu'il fragilise celui de femme. L'enfant est alité, en proie à une forte fièvre provoquée par une méningite qui menace sa courte existence. Le médecin rassure sa mère, le pire est passé. Elle repart travailler. Chacune de ses maladies lui donne le sentiment d'affliger sa mère, car elle doit déserter son bureau et ses collaborateurs se font un plaisir de souligner cette faiblesse propre aux mères. L'enfant lui, ne réalise pas la violence du combat qu'elle mène et lui en veut de lui préférer son père, qu'il finira par préférer à cette mère qui lui échappe et à laquelle il se confiera rarement.

Quand les parents les accompagnent en montagne, son frère et lui, il exulte. Certaines photos se fixent dans la mémoire. Elles sont prises dans une station de moyenne montagne. Il a neigé abondamment. Son père est immobile, les mains enfoncées dans les poches d'un pardessus épais et regarde ses enfants faire de la luge. La mère prend la photographie. Son jeune fils le guette, soucieux qu'il ne glisse, qu'il ne tombe, comme c'est arrivé tant de fois. L'enfant est terrorisé à l'idée que son père meure en tombant. Sur la neige, il a toujours le réflexe de se rapprocher pour lui offrir son épaule. Mais ce jour-là, il est sur sa luge, son père est trop loin et il s'inquiète. Dix ans plus tard, ils traversent une rue du centre-ville à un passage clouté. Soudain une voiture arrive à pleine vitesse, le conducteur s'amuse à freiner à quelques centimètres d'eux en rigolant, pour impressionner sa passagère. Le père, accroché à son fils, a chancelé, mais il est resté debout. Le fils se rue sur la voiture, en sort le conducteur mais son père l'arrête en lui saisissant le bras de sa poigne de fer. Ils n'en reparleront jamais.

Les parents reçoivent beaucoup, comme tous les anciens d'Afrique. Ils invitent des collègues de travail avec leurs épouses et demandent à leurs fils de servir à table sans y manger, un peu comme si la famille était, en plus du reste, une école hôtelière. Leur père expérimente une cuisine sophistiquée, ils peuvent bien la servir. Comme il marche difficilement et qu'il ne veut pas faire passer leur mère pour une domestique, ils sont bien obligés de s'y coller, ce qui étonne les invités.

Leurs parents réussissent au sens où ils l'entendent, et au sens où la société l'entend. Ils ne gagnent pas des fortunes, mais ils ont atteint un standard de vie confortable, celui de salariés diplômés de cette période de prospérité à laquelle ils contribuent. Ils lisent beaucoup sur leur temps libre, des livres remisés sur les étagères d'une grande bibliothèque en acajou qui trône dans le salon au milieu d'objets rapportés d'Afrique, comme ce balafon collé en hauteur au-dessus d'un buffet chinois sculpté en profondeur. Elle se jette sur les nouveautés et les prix littéraires. Elle lit aussi bien des auteurs ambitieux qui cherchent à déchiffrer la complexité de notre condition que des petites histoires qui ne dérangent personne et donnent au vide sa récréation. Elle les avale avec la même voracité et il est impossible de savoir ce qu'elle en retient pour son propre bénéfice intellectuel. Lui lit Conrad, Roger Vailland, Jean Hougron.

Chaque enfant rêve d'être seul avec un de ses parents. C'est ce qui arrive chaque samedi matin au cadet, lorsqu'il accompagne son père devant un immeuble construit face au parc de la ville. Au cours de ce rituel, ils prennent un ascenseur qui les monte directement au dernier étage, où s'ouvre un espace vaste et silencieux. Une dame au visage frais les accueille et s'entretient à voix basse avec le père avant de les conduire à une pièce immense qui ne contient qu'un grand lit médicalisé surmonté de quelques potences. Un homme tout rétréci s'y trouve enfoncé, sans épaisseur. Son visage émacié apparaît dans la lumière et il prononce alors quelques mots sortis d'un appareil qui amplifie le maigre mouvement de ses cordes vocales. On ne peut pas être plus près de la mort et pourtant il est encore vivant. Il échange quelques paroles avec le père, penché au-dessus de lui comme au-dessus d'un gisant. Ils ont beaucoup en commun. La science, d'abord, parce que cet homme dont seul le cerveau n'est pas paralysé continue à travailler pour le progrès d'une humanité dont il n'est plus qu'un esprit. Ils ont aussi en commun d'avoir été infectés par le même virus, qui a poursuivi sa route chez cet homme là où il s'est arrêté chez le père. Cette visite serait traumatisante pour l'enfant s'il n'avait le sentiment qu'elle n'adoucissait leur relation. Son père ressort de ce sanctuaire apaisé. Il en oublie son infirmité et les douleurs que lui cause sa démarche chaloupée.

Ils prennent ensuite tous les deux la direction du chalet de montagne. Sa mère et son frère sont partis un peu plus tôt dans la seconde voiture de la famille. Son père ne dit pas grand-chose durant le trajet. Le fils craint son exigence et son imprévisibilité, la sérénité et la colère se livrent en lui une lutte dont le fils a le sentiment d'être une victime collatérale quand son père s'en prend à lui violemment au prétexte de ses résultats scolaires et de son absence de volonté. L'enfant cherche pourtant à séduire son père, à en ramener une partie à lui, à le charmer.

Dans la voiture, il ne dit rien, il allume le poste de radio pour y écouter la petite musique du gaullisme, une information faite de retenue et de censure. Le spectre d'une guerre civile s'est éloigné pour de bon même si les partisans de l'Algérie française, qui ont essayé d'assassiner la grande ombre après un coup d'État manqué, ont eu du mal à se ranger à la raison. Kennedy, c'était autre chose. Mais, deux ans plus tôt, un tueur isolé l'a assassiné ; avec lui il a tué l'espoir que la jeunesse se maintienne au pouvoir. Il a pleuré à l'annonce de la tragédie. Bien entendu, il ne peut pas savoir ce que de Gaulle, lui, sait à propos de cet assassinat et dont il s'inquiète en privé. La première démocratie du monde a connu un coup d'État comme celui dont rêvait l'OAS. Une coalition d'anticastristes, de barons de la pègre, d'espions véreux, de militaires aigris, d'industriels de l'armement et du pétrole à l'avidité sans fin ont renversé le gouvernement des États-Unis en exécutant un président sur le point d'être réélu avec 65 % des suffrages. L'Amérique se serait montrée sous son vrai jour si la réalité n'avait pas été occultée pour réduire cette tragédie à l'œuvre d'un fou isolé. Tout s'effondre en même temps, un style, une promesse. Ses convictions pacifistes sincères s'éteignent avec l'escalade de la guerre au Vietnam, amplifiée par Johnson, le successeur, larbin d'intérêts cyniques.

La menace de l'extrême droite, farouchement opposée à l'indépendance de l'Algérie et qui en veut à mort à de Gaulle de sa volte-face réaliste, a conduit l'Élysée à constituer le SAC, une cellule chargée d'organiser la protection du président, un service d'ordre du parti gaulliste qui, dans une consanguinité délibérée avec la cellule de la Françafrique, deviendra un ramassis de flics, de délinquants sans envergure, d'intrigants à la petite semaine gonflés d'importance, qui profitent de leur position pour faire des affaires dans une légalité douteuse.

De tout cela il ne saurait rien si sa femme, en prenant du galon, n'avait fini par accéder à de vraies responsabilités au sein de son entreprise. Les hommes qui l'entourent portent beau mais sont heureux de se décharger sur elle d'une partie de l'activité, la plus occulte, mais aussi la plus dangereuse. Une fois la proposition technique de contrat approuvée, c'est à elle qu'il appartient d'aménager les à-côtés qui décideront définitivement l'autre partie à en accepter les termes. Pour cela il faut secrètement rémunérer des décideurs, au moyen d'enveloppes de liquide ou de comptes à l'étranger. C'est, dans la plupart des cas, la condition pour faire aboutir un contrat et la concurrence ne se prive pas de faire la même chose. Ses supérieurs ont trouvé qu'une belle femme diplômée avait toutes les qualités pour réussir cette partie invisible de transactions qui concernent aussi bien des collectivités locales françaises, de droite et de gauche, que des dirigeants d'États étrangers. Le marché de l'eau est une gigantesque aire de jeu où la corruption et l'opacité sont la règle. Ses missions la conduisent en Algérie, en Irak et dans nombre de pays. Quand il s'agit d'anciennes colonies françaises, elle est encadrée par des émissaires de la Françafrique qui veillent à la cohérence de l'action des entreprises stratégiques avec les vœux politiques de l'Élysée.

Ses fonctions l'absorbent et elle voyage de plus en plus. Elle est devenue la première femme cadre supérieur de son entreprise, grâce à un mélange d'intrépidité et de réalisme qui fait l'admiration de ses supérieurs masculins, souvent moins courageux qu'elle.

L'Irak est un pays indépendant depuis 32, mais l'influence anglaise y est restée forte. L'idéologie arabo-socialiste développée par les militaires qui se succèdent au pouvoir a prioritairement pour vocation de servir ses dirigeants, d'obédience Baas, qui voient d'un œil intéressé des entreprises françaises venir rivaliser avec les Britanniques. Les Français ont le cran, s'agissant de contrats faramineux comme l'adduction et le traitement des eaux de Bagdad, de leur envoyer une femme. Face à des militaires dont la laïcité n'a pas effacé le mépris pour le sexe féminin, elle parvient à s'imposer sans feindre la soumission. Elle excelle à négocier et, quand vient le moment des dessous-de-table, elle se montre subtile et résolue.

Elle ne manque pas de courage non plus quand, en Algérie, il lui faut affronter des cadres du FLN rompus aux détournements de fonds. Elle aime ces défis et elle les aime en particulier quand vient le moment où l'avidité de ses interlocuteurs leur fait oublier son genre. L'indépendance de l'Algérie, et la lutte pour y parvenir, a servi de prétexte à la caste qui l'a menée pour s'enrichir sans fin aux dépens d'une population spoliée au point de devoir reprendre le chemin de l'exil. Et, d'une certaine façon, elle est complice.

Ils en parlent, à table, devant leurs enfants qui n'y comprennent rien. Elle est gênée de devoir accepter cette corruption qui infecte les rapports économiques, ce monde caché aux citoyens, qui ne se figurent pas ce qui se trame pour amener des affaires et de l'emploi.

Ses enfants ne peuvent pas être sa priorité et se l'avouer n'y changerait rien. Son mari fait beaucoup d'efforts pour compenser ses absences, mais ils ne parviendront pas à effacer un sentiment de distance qui s'est installé mois après mois. Les enfants, qui s'autonomisent, tirent de leur indépendance une certaine gloire, mais il se trouve toujours la mère d'un copain pour suggérer qu'ils sont livrés à eux-mêmes, voire abandonnés.

Leur dernier fils se souvient, à côté des dates de la grande Histoire qu'on lui demande d'apprendre par cœur, de moments fondateurs qui marquent sa petite histoire.

En 66, l'habitude est prise par ses grands-parents maternels de passer tous les étés dans la maison de montagne, dont l'inconfort s'estompe avec les beaux jours. Le temps des grandes vacances est long lorsque les deux parents travaillent et qu'il leur faut occuper deux garçons guettés par l'ennui. Les activités dangereuses sont rigoureusement interdites, de peur que le handicap, qui a frappé les deux dernières générations, ne vienne s'abattre sur la nouvelle.

Le cadet n'est bien que sur ce plateau de moyenne montagne qui surplombe la ville. C'est là, sur des chemins creusés par le ruissellement des eaux hivernales, le long de grands prés aux pentes interminables où broutent des vaches bicolores, qu'il se découvre une intimité avec la nature. Il s'est fait quelques copains aux alentours, qui ne sont là qu'en été, et dont les maisons restent fermées le reste de l'année. L'une d'elles est une bâtisse un peu imposante qui s'anime au début des grandes vacances. Il est rarement invité chez eux, ce garçon dont on ne sait pas très bien a priori s'il quémande l'amitié ou s'il préfère rester seul. Il joue parfois avec leur fils à la Résistance, en empruntant pour tout déguisement un béret de son grand-père et un pistolet en bois taillé dans le coude d'une branche. Ils rejouent des épisodes des maquis sur les lieux mêmes où ils se sont déroulés.

Vingt et un ans après la fin de la Seconde Guerre mondiale, la Résistance navigue encore dans les esprits, animée par le souvenir de jeunes hommes dont la vie s'est brusquement arrêtée sur ces pentes verdoyantes. Mais son propre père, qui se tord de rire devant les films écrits par Audiard, ne sait pas que ce brillant dialoguiste traitait sous l'Occupation Joseph Kessel, l'auteur de *L'Armée des Ombres*, un des rares romans sur la Résistance, de sale youpin, dans un de ces journaux réservés par Vichy à quelques plumes alertes trempées dans la bile. En 66, l'histoire de la guerre est loin d'être achevée et chacun s'accommode de cette incomplétude.

C'est aux premiers jours de cet été que le grand invalide va vivre le troisième et dernier évènement spectaculaire de sa vie. Du premier, la guerre de 14, il était sorti défiguré, malgré la dizaine d'opérations qui avaient vainement tenté de lui redonner un visage humain. Le deuxième avait eu lieu dans les années 30, alors qu'il voyageait pour affaires dans un train de nuit en direction de la Sarre. Dans l'obscurité, la fatigue aidant, il avait confondu la porte des toilettes avec celle qui donnait sur la voie. On l'avait retrouvé le lendemain matin, habillé de son seul pyjama par cette rude matinée d'hiver, allongé le long des rails, les côtes enfoncées.

Il lui fallait une der des ders.

Ce jour-là, alors que le soleil descend à peine sur l'horizon, il part pour sa marche quotidienne à longues enjambées, son chien devant lui. Il emprunte les chemins les plus larges avec ses chaussures de ville cirées comme s'il se rendait à une fête d'anciens combattants. À l'heure du dîner, il n'est pas revenu. Le chien réapparaît seul. Son maître ne reviendra jamais. On le cherche toute la nuit, il n'est retrouvé qu'au matin et on comprend que, perdu, il s'est dirigé vers les lumières de la ville, qui ont joué le triste rôle des naufrageurs de l'île de Sein. Il se croyait certainement arrivé quand il a été happé par le vide d'une falaise de quatre-vingts mètres, au pied de laquelle l'aîné de ses petits-fils, accompagné de policiers, le retrouvera.

Le cadet a prié toute la nuit pour le retour de son grand-père. Quand on lui apprend qu'il est mort, la confiance qu'il a dans l'existence, déjà entamée par les blessures du grand invalide et par l'infirmité de son père, s'évanouit. À neuf ans, il a perdu toutes ses illusions. Le mouchoir brodé aux initiales du grand-père qu'on retrouve plus haut sur la falaise, maculé de sang, et ses vêtements déchirés aux genoux et aux coudes prouvent qu'il est tombé à plusieurs reprises pour se relever seul dans la nuit, la mort l'attendant au terme de sa tragique déambulation.

L'enterrement a lieu à Paris, en grande pompe, parce

qu'il est une personnalité de la France combattante. S'y trouve rassemblé ce qui reste de défigurés des guerres françaises, tous familiers à l'enfant qui passait jusque-là ses vacances scolaires dans leur château refuge du sud de la France, une galerie de portraits déformés, affligés devant la perte de leur camarade qui tant de fois les a convaincus que la vie valait mieux que ce qu'elle offrait. Pour l'enfant assis à l'avant de l'église sur le banc réservé à la famille, la douleur se transforme en nostalgie des temps heureux, de ces jours à courir entre les jambes des gueules cassées, à les écouter boire et chanter à la gloire de l'absurdité.

Cette absurdité le hante et il peine à trouver des certitudes que la mort ne vienne pas infirmer.

L'été qui suit la tragédie, il le passe avec sa grand-mère, qu'il apprend à connaître. Au chagrin de Meno, encore jeune, s'ajoute la peur du vide. Depuis l'âge de dix-neuf ans, elle s'est consacrée à lui qui était tout pour elle, son père et son mari, sans l'être l'un et l'autre complètement. Elle n'a pas grand intérêt pour elle-même, comme nombre de gens dévoués qui se réalisent dans le don qu'ils font de leur personne. L'amour profond qu'elle manifeste pour ses petits-fils, et en particulier pour l'aîné qu'elle juge, à raison parfois, moins bien traité par son père que son jeune frère, crée chez ce dernier un curieux sentiment, mélange de proximité et de retenue.

Le cadet exprime sa peine et sa défiance envers l'existence à sa manière d'enfant. Pour se convaincre que son visage ne s'est pas échappé avec la mort de son grand-père, il passe et repasse devant des glaces, des miroirs, cherche son reflet dans les vitres des fenêtres. Ce qui pourrait passer pour une forme de narcissisme infantile n'est qu'un trouble du comportement associé à une fragilité psychologique qui se manifeste par un intérêt inépuisable pour des activités nouvelles qu'il ne mène pas à bien. Il n'a qu'une idée en tête, retrouver la quiétude de la montagne, seul avec sa grand-mère. Il simule des maladies pour échapper à l'aliénation de la collectivité. Il n'entrevoit rien dans la vie qui mérite ses efforts. Il se nourrit de bonheurs fugaces quand il marche en sous-bois sur les aiguilles de sapin jonchant le sol, quand il assiste à la traite des vaches dans la ferme voisine et commence à lire des livres qu'il ne finit pas. Il s'invente son propre monde, en incarnant des personnages historiques comme s'il était leur fantôme. Il sait beaucoup de choses, ce qui fait illusion auprès des adultes, qui le pensent doué avant de découvrir que le seul propos de cette connaissance surprenante est de les abuser. Mais il est plus à l'aise avec eux qu'avec les garçons de son âge. Tout ce qui ne s'accomplit pas le comble parce que les fictions qu'il s'invente vivent en lui un dénouement secret. Dans ce qu'on lui impose, il fait le minimum nécessaire pour ne pas avoir à rendre compte de sa vie imaginaire. Pour l'instant, il étudie normalement, il a un an d'avance, il donne le change, assez pour ne pas être repéré, insuffisamment pour attirer les louanges et l'admiration de son père.

Cette année-là marque un profond changement dans la vie du père, imperceptible pour ses enfants, qui n'auront une vague idée de ce qui est advenu qu'après sa mort. Touchant à ce monde, il est évident que les preuves manquent, signe que tout a été accompli de façon efficace et discrète. Mais les spéculations sont allées loin, jusqu'à imaginer que sa mort trouvait son origine dans ce tournant de son existence.

C'est en 66 que Ian Fleming écrit le dernier recueil de James Bond, *Octopussy and the Living Daylights*, curieusement traduit par « Meilleurs vœux de la Jamaïque ». Deux ans plus tôt, John Le Carré a publié *L'Espion qui venait du froid*, l'un de ses plus grands succès. Il a lu l'un et l'autre. Ont-ils eu une influence sur sa décision ? Le monde dans lequel il va pénétrer est un mélange de mythomanie et de réalité brutale. Le commandant militaire de Mauritanie qu'il avait tant apprécié est revenu en France, pour y exercer des fonctions qui ne font pas la une des journaux. De Gaulle l'a nommé patron du service le plus secret de la

République, chargé des intérêts de la France hors de ses frontières. L'équivalent de la CIA aux États-Unis, ou du KGB en URSS, est généralement dirigé par un militaire ou un par diplomate. Pour cette organisation qui intervient hors des frontières dans l'intérêt de citoyens qui ne doivent rien savoir de ses activités, de Gaulle a choisi un général dont le profil colonial correspond bien aux enjeux du moment. La guerre froide continue à baisser en température, même si elle s'étend sous les plus chaudes latitudes pour y déstabiliser l'approvisionnement en matières premières des démocraties occidentales et promouvoir le communisme dans leurs anciens bastions.

Il apprend par Demba, son ami fidèle, qu'au Sénégal l'Union soviétique propose des bourses aux étudiants pour étudier à Moscou. Cette stratégie d'influence auprès des futures élites intellectuelles vise à long terme une déstabilisation durable de l'influence française. Alors que la cellule de la Françafrique intrigue, liquide, assassine avec l'aide des services secrets pour installer des dirigeants « amis », le bloc soviétique sape les fondements de ce travail. Pourtant le communisme, si on enlève sa dimension perverse et totalitaire exacerbée depuis Staline, aurait ses vertus pour planifier des économies appauvries par le pillage organisé. Les pays qu'on nomme pudiquement « en voie de développement » n'ont pas le droit à la troisième voie, celle de l'indépendante prospérité.

À peine entré en fonction à la tête du renseignement extérieur, le général prend contact avec son jeune ami. Il se souvient de ses épopées solitaires, de son âpreté, de son esprit d'analyse qui évite les affres de l'idéologie. À quarante ans, l'âge de la maturité, il occupe dans l'industrie nucléaire une position élevée sur le plan scientifique, sans être ronflante, à l'image du personnage qui préfère progresser scientifiquement que dans sa propre carrière. Cela fait de lui un correspondant idéal dans une industrie fondamentale pour la France sur le plan civil autant que militaire. Le fait que les Soviétiques s'intéressent au nucléaire français est naturel dans le contexte de la guerre froide, mais les Américains aussi sont aux aguets, inquiets devant tout ce qui peut favoriser l'indépendance de leurs vassaux. La France a effectué les premiers essais de sa bombe nucléaire, un peu plus d'un an auparavant, que de Gaulle a jugés suffisamment probants pour quitter l'OTAN.

Ne pas le recruter aurait été une erreur. Comment se passe leur premier rendez-vous ? Nul ne le sait. Ce qu'on imagine en revanche c'est le plaisir qu'ils ont à se fréquenter, fondé sur une estime, une admiration réciproque. Ce préalable fait beaucoup pour la confiance qui va s'instaurer.

Sans doute le général l'a-t-il prévenu des risques encourus, des risques physiques dont il n'est pas coutumier, sans les exagérer, car il ne s'agit pas d'intégrer le service d'action qui inspire les romanciers, mais de s'enfoncer comme une taupe pour disparaître dans les méandres d'un monde qui a au moins le mérite, en promettant l'apocalypse, de maintenir une paix telle qu'il n'en a jamais existé. Le général a probablement fait enquêter sur les activités de sa femme. Il est certainement impressionné par ce que celle-ci a réalisé dans des pays musulmans et par sa discrétion sur des affaires qui touchent à la sécurité nationale. Il apprend certainement qu'elle ne se sert pas de ces secrets pour faire carrière, pour consolider ou accroître sa position par la menace ou le chantage.

L'engagement de leur père l'éloigne de chez eux. Il est désormais de toutes les grandes messes, de toutes les organisations internationales, comme l'Euratom, qui fédère le nucléaire européen. Il voyage à l'est du rideau de fer et aux États-Unis, dont il revient conquis par tout ce qui fait le rêve américain, faute d'avoir été confronté à ce qui fait son cauchemar. Les enfants ébahis découvrent qu'il a invité deux physiciens, un russe et un hongrois, à passer quelques jours dans la maison en montagne, où il les reçoit avec beaucoup de naturel, leur fait la cuisine, passe-temps dans lequel il atteint désormais une expertise rivalisant avec celle de chefs étoilés. Une femme les accompagne, jeune, un peu voûtée, dont le charme slave est occulté, aux yeux des enfants, par des vêtements démodés. Elle est elle-même scientifique et joue le rôle d'interprète avec un fort accent roulant. Elle observe et surveille les adultes comme les enfants l'épient. Chacun fait l'effort de ne pas paraître se méfier des autres et il ne se dit jamais rien d'important, juste quelques aimables banalités échangées devant les deux enfants muets.

Il a une double vie, le nucléaire est sa maîtresse. Travaille-t-il pour l'agence de renseignement, est-il juste l'informateur personnel du général ? Personne ne le demandera jamais mais, à l'observer à l'époque, on constate qu'il se détache de sa carrière officielle, comme si elle ne servait plus que de couverture à ses véritables intérêts.

Les dîners à la maison se multiplient. Les ingénieurs défilent. Les enfants continuent à les servir à table pour se faire de l'argent de poche. Ces scientifiques sont ceux qui ont poussé le tas de sable devant eux. D'un revers de la main, ils ont balayé la question des déchets, persuadés que dans les trente ans à venir l'état de leurs connaissances leur permettrait de la traiter, condamnant le pays à l'enfouissement de matières radioactives, laissées aux générations futures pendant plusieurs centaines de milliers d'années. L'hypothèque est lourde, mais rien ne peut faire dévier ces esprits hautement spécialisés de leur course à l'indépendance énergétique et militaire. Peut-on le leur reprocher, sans évaluer le contexte de la guerre froide, de la concentration du pétrole dans des zones instables et de l'hégémonie américaine sur l'Occident ?

Comme il est homme de raison et donc de doute, il se pose certainement la question et il s'imagine que le pays qui l'a conduit là où il est, s'il veut entrer dans cette modernité qui apparaît alors comme une forme péremptoire de progrès, n'a pas le choix : il n'est de modernité sans une énergie dont on maîtrise la puissance, le coût et la disponibilité.

C'est dans une librairie installée au bas de leur immeuble que leur dernier fils vient attendre que ses parents soient rentrés de leur travail. Il s'installe discrètement entre les rayons impressionnants de livres de poche, sur un tabouret tournant, en essayant de ne pas gêner les clients, pour se livrer à son exercice favori : commencer quelque chose pour ne pas le terminer. Mais parfois, au détour d'un roman, il se fait un ami d'un personnage imaginaire. D'amis, il n'en a pas vraiment, juste une bande de copains à qui il donne le change en vrai caméléon. Il joue à être quelqu'un en attendant de savoir qui il est vraiment. Il n'est jamais chef de bande ni souffre-douleur, il se maintient entre les deux dans un relatif anonymat. De véritable amour, il a l'impression de n'en recevoir que de sa grandmère, tant ses parents lui paraissent distants et de plus en plus obnubilés par ses résultats scolaires.

Les fins de semaine sont studieuses. Si elle ne se rend pas à la montagne, la famille reste dans son appartement qui, du dernier étage de l'immeuble, donne de toutes parts sur des rues sans caractère. L'une mène à un quartier redouté où des bandes de jeunes s'affrontent systématiquement, sans autre motif que de déverser leur rage. Rien n'est mieux dans cette ville que les routes qui permettent d'en sortir. Les dimanches la font entrer dans une sorte de torpeur industrielle où chacun semble désemparé de ne plus produire. L'ammoniac et la dioxine qui teintent l'air en jaune n'ont de cesse d'imprégner l'atmosphère.

Son père écoute des grands classiques auxquels sa mère ne semble pas sensible. La télévision, porte ouverte à l'ineptie, à l'information contrôlée et au bavardage inconsistant, est proscrite. Elle est considérée comme une entrave à la discussion qu'il développe pour sa famille comme un art, l'ouvrant sur un nombre étonnant de sujets. Quand un de ses enfants se précipite pour répondre au téléphone il a cette phrase : « Ah ! Je vois, on vous sonne, vous accourez, j'ai donc fait des domestiques. »

Alors qu'il a dépassé ses dix ans, son cadet éprouve un sentiment de plus en plus complexe à l'égard de son père. Celui-ci, tendu par ses responsabilités, parvient parfois à se détendre, à tourner le dos à la tyrannie de ses principes et de son personnage de paralytique pauvre parvenu à la force de ses bras et de son cerveau. C'est particulièrement vrai quand ils reçoivent leurs amis d'Afrique et qu'il en profite pour vider une bouteille de bourbon et fumer un paquet de cigarettes dans la soirée. Il s'assouplit souvent d'un coup, comme si son propre chemin philosophique, en favorisant des idées de plus en plus libérales, l'attendrissait. Il semble impatient de se débarrasser de cette responsabilité oppressante qui lui impose d'amener ses enfants à une réussite au moins comparable à la sienne. Cette obsession le fatigue, le conduit à commettre des erreurs, à pousser son fils aîné dans une direction qu'il ne souhaite pas. Il semble en avoir conscience un moment, puis retombe dans ses exigences.

Nous sommes à la veille de Mai 68. Un vent de contestation salutaire se lève contre l'affligeant sérieux de l'obsession productive. Le père soutient le mouvement dans sa demande fondamentale d'une meilleure répartition des richesses et du pouvoir, mais il en rate probablement l'essentiel. La jeunesse est fatiguée des générations précédentes, de leur matérialisme destructeur, de leur monde étriqué où il n'est question que de gagner toujours plus, d'entretenir la guerre, de limiter son champ de conscience à un conformisme désuet, de mépriser le sacré par le culte du dérisoire. « On ne comprend absolument rien à la civilisation moderne si l'on n'admet pas d'abord qu'elle est une conspiration universelle contre toute forme de vie intérieure. » Cette jeunesse n'a pas lu Bernanos et pourtant elle semble s'accorder sur son constat. Elle refuse aussi le désenchantement et la compromission. La société a perdu tout sentiment de fraternité au bénéfice de solidarités obligatoires arrachées de haute lutte. C'est un formidable espoir qui se lève, doublé d'une tout aussi spectaculaire utopie, un sursaut de conscience qui se manifeste sous des formes différentes, dogmatiques ou tout simplement libertaires. Aux dernières législatives, il a contribué à faire élire un homme associé à l'idée qu'il se fait de la raison en politique, et qui devient le député de sa circonscription : Pierre Mendès France. C'est donc en social-humaniste qu'il traverse Mai 68 et, s'il se le permet, c'est parce qu'il sait ce qu'il a fait pour de Gaulle, désormais submergé par des forces conservatrices qui ne conviennent plus à l'époque. Pour un temps, du moins, car en politique le présent, le passé et le futur participent d'un étrange roulement.

Au pays de la révolution qui ne change rien, on est en plein émoi. Les modèles alternatifs proposés sont tous d'importation et parlent d'une souhaitable dictature du prolétariat. Mao, le sanguinaire dont la révolution culturelle conduira à exterminer soixante-dix millions d'individus, est le maître à penser d'une élite désœuvrée qui voit, dans la ronde figure du dictateur chinois, l'icône du grand soir. Les véritables expériences nouvelles ne viennent pas des gauchistes aux schémas usés, mais d'un mouvement essentiellement pacifiste et culturel qui remet en question les barrières mentales, familiales, sociales, propose un retour à la nature et à la simplicité, en essayant d'apprivoiser l'ego, cet animal qui nous ronge l'intérieur. Ce renouveau des idées chrétiennes des origines, mâtinées de spiritualité extrême-orientale, cache une naïveté qui ne suffit pas à discréditer la tentative de changer profondément l'horizon humain. Le retour à une nature enfin considérée se fait sous forme de communautés qui cherchent à vivre en autarcie. Avant même de se stabiliser, cette expérience communautaire sombre pour avoir voulu élargir son champ de conscience, pas par la réflexion, mais par le recours à des substances hallucinogènes qui vont dévaster ce mouvement. Il faut préciser que la CIA, craignant que les hippies ne ruinent la jeunesse américaine par son pacifisme contagieux en pleine guerre du Vietnam, a délibérément inondé de LSD une génération qui espérait atteindre un monde rendu inaccessible par la déraison ordinaire. Ceux qui ne meurent pas à la guerre meurent d'overdose, la boucle est une nouvelle fois bouclée. Le consumérisme béat peut reprendre ses droits, doublé d'un individualisme forcené qui donnera aux générations suivantes l'illusion de leur liberté.

Ils n'ont pas conscience que cette espérance, née avec le « Summer of Love » de San Francisco en 67 pour s'éteindre progressivement à partir de 72, s'est propagée à leur dernier fils, par capillarité, pour ainsi dire. Le mouvement commence à s'étioler à l'âge où l'enfant entre dans la pleine adolescence, ajoutant la nostalgie de ce qu'il n'a pas vraiment vécu à la frustration d'être né un peu trop tard pour une utopie déjà disparue.

Son lycée n'a rien de commun avec les grands lycées parisiens où se concentrent les héritiers d'une élite qui tend à se reproduire indéfiniment, gardiens d'un système qui perdure même dans sa critique radicale. Le gamin a vécu Mai 68 chez sa grand-mère. Il ne réalisera que plus tard à quel point il lui ressemble, par cette façon qu'ils ont l'un et l'autre d'inventer des histoires, d'accommoder la réalité à leur imagination, de douter cruellement du sens des choses. L'enfant souffre de détresse métaphysique et elle seule le voit. Il est hanté par la mort de ses proches, par la perspective de leur disparition. Il continue à s'inventer des maladies pour sécher les cours, il dépérit en ville, s'épanouit à la montagne. Elle est heureuse de s'occuper de lui, et de son autre petit-fils, car elle est toujours bien démunie quand il s'agit de s'occuper d'elle-même. Son grand invalide lui manque. Ce qui sauve cet enfant qui ne le sera bientôt plus, c'est qu'il tombe amoureux de l'amour, et rejoint le lycée, après une maladie qui, à force d'être fausse, est devenue vraie, dans le but de revoir ces amoureuses qu'il s'invente et pour lesquelles il se fond dans un personnage, celui d'un révolutionnaire, d'un chantre d'une contre-culture qui n'intéresse pourtant déjà plus personne. Lui qui ne lit jamais un livre jusqu'au bout a appris à en saisir l'essentiel. À l'âge où d'autres dévorent encore Tintin, il se réclame de Marcuse et de Reich et se déclare, à la surprise générale, freudo-marxiste non affilié, rejetant du même mépris les staliniens et les maoïstes. Il pactise avec les anarchistes du lycée, qui sont au nombre de deux, dont l'un est un nihiliste dont la violence ne va pas beaucoup plus loin que d'arracher un portemanteau dans le couloir de la classe, et l'autre un authentique hippie à la chevelure épaisse qui lui tombe au milieu des reins, un fils de prof de maths nul en maths qui consacre sa vie aux dernières évolutions musicales en fumant de l'herbe. Il se forge une radicalité à la mesure de son absence de certitudes au sujet de l'existence. Il ne sait pas ce qu'il est venu faire sur terre, et il entend le faire savoir.

De son changement, ses parents n'ont vu que la longueur de ses cheveux, cause de leur premier affrontement. Il ne cède rien. Mais les premiers signes inquiétants viennent de ses absences répétées et injustifiées. À Woodstock, en 69, de jeunes pacifistes se sont rassemblés par centaines de milliers et, pendant trois jours, ils n'ont fait que boire, fumer, danser, faire l'amour et écouter la musique fondatrice d'une génération, de Santana aux Who en passant par Jimi Hendrix et Janis Joplin. De ce festival unique, dont un mouvement qui a déjà perdu son combat faute de l'avoir vraiment mené, un documentaire a été tiré, qui passe en boucle dans une salle où ses copains et lui restent des demi-journées entières. À ses absences remarquées s'ajoute son implication à la tête du mouvement de contestation de la sécurité de l'établissement. Ses amis et lui organisent une grève, suivie d'une manifestation réprimée par des gendarmes mobiles contre lesquelles le pacifiste se bat avant d'être arrêté. À peine sorti du poste de police où il a passé une nuit, il revient au lycée et saccage le bureau du surveillant général, ruinant les cahiers de correspondance, ces mouchards qui font le lien entre deux autorités honnies.

Pris par leurs voyages, elle par sa ferveur à se maintenir dans un monde masculin qui ferme les yeux sur la corruption pour prospérer, lui à favoriser sa science aux confins du renseignement, ses parents n'ont rien vu venir. La fracture de ce monde qu'ils défendent vient de se créer chez eux, et ils n'en reviennent pas : où est l'enfant solitaire et parfois drôle qui peinait à penser qu'une petite vie puisse prendre un sens face à l'immensité de l'univers ? D'une problématique quasiment pascalienne, il a sombré dans une révolte camusienne qui les conduit devant le censeur de son lycée, lequel leur dresse un tableau pathétique de l'adolescent, escroc intellectuel, meneur improvisé, absent chronique. L'homme ne voit pas ce qui pourrait sauver cet étudiant uniformément médiocre en toute matière et suggère, puisqu'il n'a pas l'âge d'être renvoyé, que ses parents prennent l'initiative de le recaser dans l'enseignement privé, considéré alors comme une serre végétative pour cancres.

Cet épisode fait au père l'effet d'une cérémonie militaire de dégradation, son fils n'est plus le bienvenu dans cet enseignement public qui lui a permis de se hisser là où il est, qui l'a traité avec le plus grand respect, qui lui a ouvert les portes de sa promotion sociale. En revenant à l'appartement, humilié, il en pleure, de rage, de dépit. En attendant de trouver à son fils un établissement privé, il l'ignore, considérant que son silence est la pire des punitions, et lui applique toute une série de restrictions dont le gamin n'a que faire. Ils ne comprennent ni l'un ni l'autre qu'il a besoin de tuer le père. Il étouffe sous cette exemplarité qu'il ne peut pas dupliquer sans abdiquer sa propre personnalité. Il souffre aussi de voir son père souffrir, mais ne voit pas d'autre chemin que l'affrontement.

Pourtant, ce vent obstiné de confrontation qui souffle sur leur relation tombe soudainement quand son fils le fait rire aux larmes avec ses imitations. Son répertoire est étendu, des proches aux hommes politiques dont il capte les manies, les tics pour les restituer sur un texte de sa composition. Dans ces moments d'hilarité, son père lui pardonne tout car il reprend espoir, convaincu que, d'une façon ou d'une autre, un jour, son fils trouvera sa voie. Mais cet espoir est de courte durée.

Ensemble ils ont rencontré le père supérieur d'un pensionnat catholique réputé. Dans son immense bureau, l'histoire, celle de l'Église et de son alliance avec le pouvoir, semble encore résonner. C'est, de toute la région, la seule école privée vraiment considérée. Le prêtre prend de haut l'adolescent maigre et chevelu, puis, avec un dédain à peine perceptible, se lance sur des questions de fond concernant la place de Dieu chez la brebis égarée dont à l'évidence plus personne ne veut. L'adolescent entre dans une diatribe fumeuse inspirée de Pascal, lu en diagonale, en y ajoutant des extraits choisis de *L'Avenir d'une illusion* de Freud, pour finir sur l'opium du peuple de Marx qui achève de le déconsidérer après du prélat offensé. Plutôt que de se réjouir de son esprit de synthèse, il constate devant son père que trop de vice s'est ajouté à la rébellion pour espérer un quelconque progrès chez cet adolescent qui ne peut apporter que du désordre à l'institution.

Le père, sur les lacets de la route de montagne qui redescend vers la plaine, jette des regards désabusés sur son fils, sans prononcer un mot. L'adolescent sait qu'il fait à son père une peine que celui-ci ne mérite pas, mais il ne veut pas abdiquer devant cette société de l'illusoire, lui tellement persuadé de se battre pour l'essentiel, dont il n'a qu'une idée vaporeuse. Ils n'ont pas beaucoup plus de satisfaction avec le frère aîné, poussé vers une voie qui ne lui convient pas, et qui va bientôt quitter le foyer.

Leur obsession du travail permet d'oublier que leurs fils ne seront jamais à leur image, aussi redoublent-ils d'effort dans ce sens. Un nouveau personnage s'invite à la maison, qui autorise des moments mémorables de diversion. Pilou, le filleul de la mère, qu'on a vu grandir de loin, trouve dans leur famille la chaleur que lui refuse la sienne. Son homosexualité dérange. Il leur rend visite de plus en plus fréquemment, entre deux concerts d'un orchestre de chambre réputé dont il est le second violon. Dans cette nouvelle famille qui a trop souffert du regard des autres sur le handicap du père, il ressent de la bienveillance, à un moment où l'homosexualité indispose la bourgeoisie gaulliste, puis pompidolienne. Le cadet est sidéré par cette souplesse, en avance sur leur temps, quand il s'agit de sexualité ou de race, qu'ils perdent quand il est question de réussite sociale. Il s'attache à Pilou et compte beaucoup sur ses séjours, sur sa présence pour détendre l'atmosphère familiale. Pilou l'émerveille parce qu'il se permet tout, ne se tait sur rien, pratique la dérision comme personne. Par ses diversions, il tente de ressouder le lien entre le père et le fils.

Le mentor de son père, le général, a été évincé à la suite d'une affaire qui a ébranlé le pays. L'assassinat du garde du corps d'Alain Delon, Markovic, a donné lieu à des rumeurs savamment entretenues selon lesquelles cet homme aurait été un maître chanteur de la haute société parisienne. On parle de photos prises à l'insu des participants, en insinuant que Mme Pompidou elle-même aurait été immortalisée dans des situations équivoques. Dans cette période qui suit Mai 68, dont une des principales revendications était la liberté sexuelle, on peut encore ruiner des carrières politiques pour des questions de « bonnes mœurs ». Couve de Murville, ancien conseiller économique du maréchal Pétain, venu à la Résistance assez tôt pour que l'on oublie ses débuts en politique, est alors Premier ministre du général de Gaulle, qui quittera bientôt le pouvoir, désavoué par référendum. Il apparaît assez vite que cette machination est destinée à hypothéquer les chances de Pompidou de succéder à l'illustre. Élu malgré tout, il liquide ceux qui, dans les services secrets, n'ont pas agi assez vigoureusement pour protéger son honneur.

Rien ne dit qu'il ait continué à travailler pour l'institution secrète de son mentor, car sa loyauté va plus aux hommes qu'aux systèmes. Parce qu'il avait probablement le sentiment d'avoir rendu à la nation ce qu'il lui devait, il n'a certainement plus informé que de loin pour se consacrer complètement à sa science.

Mais sa femme et lui voyagent toujours autant, pendant que leur dernier fils abandonne sa radicalité pour se fondre dans un mouvement hippie à l'agonie. Lui qui n'est jamais parvenu à transformer ses envies en centres d'intérêt durables commence à se passionner pour la musique. Il se paye des cours de batterie en déchargeant des camions au marché de gros, envisage de prendre une vacation bien payée à la morgue municipale, où ses rares copains se succèdent, pour laver les morts. Il fume comme les autres et il a un peu tout essayé, de l'herbe à l'opium en passant par le LSD. Ce qui le sauve, c'est que son imagination produit suffisamment de rêves sans avoir recours à ces substances, qui vont priver son meilleur ami de sa courte existence.

Il ne désire les filles que si ce désir lui semble partagé mais, comme il ne s'estime pas assez pour s'imaginer désiré, il passe à côté de ses premières histoires d'amour. Une copine de classe en particulier, plus âgée que lui, pour laquelle il ne se déclare pas de peur d'être rejeté. C'est elle qui le conduit dans les méandres d'un mouvement hippie réactivé par une poignée d'adolescents nés moins d'une dizaine d'années trop tard.

C'est le tournant de leur histoire commune. Cette fois, leur fils, si habile à justifier son comportement, se détruit inexorablement. De toute sa prétendue action pour un monde enchanté, il ne reste que cela, une dégénérescence passive.

Un soir, après avoir passé une partie de la journée chez une amic, séchant les cours de l'école privée laïque où il s'est échoué, il rentre alors que ses parents sont à table. La jeune fille voulait faire l'amour avec lui mais, comme il en aime une autre, ils se sont réfugiés dans la drogue, qu'ils ont fumée jusqu'à l'hébètement. Pour son père, qui considère la ponctualité comme la politesse des princes, ce retard est d'autant plus inadmissible que son fils semble complètement camé. Les yeux rouges, les cheveux longs et gras, décharné, l'adolescent commence depuis plusieurs semaines à n'être plus que l'ombre de lui-même. Le père a complètement renoncé. Nul ne sait si ce délitement de son enfant fait écho à celui de Marguerite, si la peur de la répétition nourrit sa colère, mais, alors que son fils, dans les vapeurs de la drogue, néglige de répondre à une question qu'il lui pose, il se saisit de la bouteille d'eau sur la table et le frappe. Dans la violence du mouvement, il chute. L'adolescent est ahuri. Les mots ne peuvent plus rien pour eux. La mère pétrifiée n'esquisse pas un geste pour son fils. À bout de forces, l'adolescent se dirige vers sa chambre, en ouvre le placard dont il tire un vieux sac à dos en toile. Il prend quelques vêtements, ce qui lui reste d'économies dans sa table de nuit et quitte l'appartement familial avec l'idée de ne plus jamais y revenir.

Des deux voyages initiatiques plébiscités par les jeunes hippies de l'époque, Katmandou en Inde et le cap Nord en Norvège, il choisit le second. La pesanteur familiale s'éloigne. Muni d'une fausse autorisation de sortie du territoire concoctée de longue date, il s'installe au bord d'une nationale, pouce en l'air, avec assez d'argent pour tenir deux ou trois jours. Devant lui les voitures et les camions forment un défilé hostile qui charge l'atmosphère de particules irrespirables, on est loin des grands espaces et de la légende américaine inspirée par Kerouac. L'adolescent maigre commence à désespérer quand un homme s'arrête et l'avance sans trop lui poser de questions. L'auto-stop n'est pas rare à cette époque, bientôt il disparaîtra, à cause d'une méfiance alimentée par quelques faits divers regrettables. Pour la première fois depuis son retour d'Afrique, il franchit une frontière, celle entre le monde de son père et le sien. Il a laissé derrière lui sa première amoureuse. Il a été incapable de lui montrer à quel point il tenait à elle, elle s'est jetée dans les bras d'un autre. Après cette déception, et la mort par overdose de son ami, il n'a plus qu'une idée en tête, fuir la civilisation industrielle dont ses parents rêveraient qu'il devienne un maillon de plus, se soumettant à la douce violence d'une ambition sociale déprimante. Il hait son père pour son autoritarisme qui ne lui laisse aucune marge de développement personnel, et il hait sa mère qui préfère son père. Il veut désormais s'accomplir dans la marginalité, pour se fondre dans la nature, cette nature qu'il aime tant. Mais le cap Nord est encore loin.

Le soir, il arrive dans une petite ville suisse au calme angoissant. Il devrait s'arrêter pour préparer sa nuit à la belle étoile, mais il préférerait une ville plus animée. Il lève le pouce une dernière fois. Peu après, une longue limousine américaine, bleue et largement chromée, s'arrête et son chauffeur, un homme d'une cinquantaine d'années, lui sourit. L'homme l'interroge et comprend vite qu'il est un de ces adolescents perdus dans le tourbillon mourant d'une contre-culture pour laquelle lui se passionne. Il est de ces individus qui ont compris leur intérêt à transformer une utopie en argent. Il lui propose de le conduire chez lui et de lui montrer sa collection de mobilier contemporain, dont il fait un négoce fructueux. Il est intarissable au sujet du designer Eames dont il distribue les objets en Suisse. À cette heure tardive, le jeune adolescent n'a pas vraiment d'autre choix et il se laisse conduire jusqu'à une large allée aux haies entretenues dont émerge une grande maison bourgeoise, une construction symétrique blanche flanquée de colonnes décoratives. Après lui avoir montré les meubles colorés qui occupent un espace vaste et lumineux, il lui fait visiter sa chambre, dans laquelle il l'enferme à clé. L'homme fait une tête de plus que lui, il est dans la force de l'âge et ses intentions ne font pas de doute. Ce n'est pas un type de rapport sexuel qu'il envisage, et encore moins sous la contrainte, c'est ce qu'il doit faire comprendre à ce type quand il reviendra. Il est au premier étage de la maison et sauter par la fenêtre n'est pas sans risque. Il sera toujours temps de le faire. Il y a des tabous qu'il faut transgresser quand la nécessité impose sa loi. Celui de la violence est constitutif du mouvement hippie et il n'en est pas encore à envisager une telle option quand son hôte met la clé dans la serrure, avant d'entrer nu dans la pièce. Il se souvient de s'être battu avec un flic plus grand et plus fort que lui lors de la manifestation qu'il avait organisée. À présent l'homme lui fait face, le sexe en érection. Il tente d'esquisser une négociation, mais le marchand de meubles se précipite sur lui. Il se souvient l'avoir frappé. Ensuite, au lieu de profiter de la porte ouverte, il saute par la fenêtre. Il se rétablit tant bien que mal au sol. Une de ses chevilles le fait terriblement souffrir. Mais ce saut n'est rien comparé à l'effort que lui demande d'escalader le portail aux pointes acérées. Il retombe dans la rue alors qu'une voiture de police patrouille dans le quartier. Elle ne le remarque pas. Il continue à marcher une bonne partie de la nuit avant de s'endormir dans un parc public sur un banc de pierre en grelottant de froid. Il comprend qu'être marginal implique de s'exposer à tout ce que la société refoule. Ce n'est pas la première fois qu'il est la cible d'entreprises pédophiles mais que ce soit chez les scouts, qu'il a fuis également, ou dans la rue, aucune n'a pris une forme aussi immédiate et menaçante. Il s'étonne de sa propre violence. Il était décidé à vaincre par le dialogue et la raison mais son adversaire n'y était pas disposé, aveuglé par l'urgence de son désir et son sentiment d'impunité face à cette proie affaiblie par les circonstances de sa fugue. L'idée de porter plainte lui traverse l'esprit, mais l'intervention de la police le retarderait dans son voyage. Et il s'imagine le type assez puissant pour faire classer l'affaire, ou reporter les torts sur lui par des affabulations.

Un bout de pain en main, frigorifié par la fraîcheur matinale, il savoure sa liberté brièvement menacée la veille. À la ville, il trouve un boulot de plongeur à l'heure du déjeuner, dont il complète la ressource en faisant la manche, au milieu d'autres beatniks plus amochés que lui par le froid et par la drogue. Il fait recette grâce à son âge, les bons samaritains ont probablement moins le sentiment de l'encourager à se détruire en lui donnant de l'argent. Il est entré dans un monde où l'on rampe déjà à moitié. La « route » est cependant peuplée de certains individus avenants, il rencontre en particulier un homme jeune qui propose de lui vendre à bas prix un petit stock de pilules hallucinogènes dont il veut se défaire avant de passer la frontière. La perspective de bénéfices pourrait le faire tenir financièrement jusqu'au nord de l'Allemagne, avant d'aborder la Scandinavie qui est déjà une terre promise. Mais il oublie de revendre son LSD et se retrouve sans argent. Il n'atteindra jamais le pays de Hamsun. Alors qu'on doit commencer à s'inquiéter, là-bas, chez lui, il désarme. Il aurait peut-être continué si le froid ne s'était pas ajouté à la faim, mais il comprend que désormais sa marginalité pourrait lui coûter ses principes, tous ses principes, en particulier celui de ne pas voler. Il prend la route du retour. Il passe la frontière à pied. Il y est arrêté et fouillé. On trouve sur lui, entortillées dans un mouchoir, une vingtaine de pilules bleues et roses qui disent tout de leur composition. On le fait asseoir dans une guérite et on lui explique que passer de la drogue d'un État à l'autre l'expose à de graves ennuis. On s'agite drôlement autour de lui. Puis soudainement tout se calme. Le douanier revient avec le mouchoir et les pilules pour les lui redonner, l'air dépité. Un examen rapide a révélé qu'il s'agissait de pastilles de sucre.

Les derniers kilomètres du retour se font sous une pluie battante. Il attend deux heures blotti sous un arbre, avant d'être embarqué par un camionneur qui fume Gauloise sur Gauloise sans rien dire, visiblement épuisé par la route. Le trajet se passe silencieusement, le temps pour l'adolescent de réfléchir à son échec. Il ne lui reste même plus de rêves. Sa seule chance, à ce moment précis de sa courte existence, est de parvenir à rire de lui-même, de ce personnage sans grandes qualités exténué par sa rébellion imaginaire, qui n'a jamais rien mené jusqu'au bout, pas même sa fugue qui devait être l'apothéose de sa contestation. Il comprend comment le peuple de la contre-culture qui l'a inspiré s'est transformé en une bande de clochards défoncés. Ceux qu'il appellera plus tard « les moustachus à chemise bleu ciel repassée » ont gagné, il n'y a pas d'issue collective. Il fera comme les autres, beaucoup d'autres, il cultivera désormais le jardin de son individualité en se donnant l'illusion d'échapper au conditionnement de masse qui, d'année en année, étendra son emprise, pour atteindre son apogée lors de la révolution numérique, trente ans plus tard.

Ils sont soulagés de son retour, mais la fugue n'a rien changé au long processus de destruction dans lequel leur enfant s'est engagé.

Ils vivent le cauchemar, commun à bien d'autres parents, de la lente déstructuration d'un fils perdant toute attache, tout esprit de reconnaissance, passant des heures à écouter de la musique planante, les yeux dans le vague.

De dépit, ils l'envoient à Paris chez Michèle, sa marraine, la meilleure amie de son père, celle qui l'a aidé dans leurs jeunes années à passer ses colères d'infirme et de pauvre. Ils ne se sont jamais vraiment quittés, ni souvent revus, mais elle est présente, comme toujours, avec son élégante et discrète finesse. L'adolescent, la rejoignant, découvre la capitale, qu'il ne connaissait pas. Le métro est une révélation. Il y fait des allers-retours sans but précis, pour entendre battre le pouls de la ville dans l'entrechoquement des rails. Et puis il y a cette odeur si particulière, qui sera longtemps associée dans sa mémoire à un sentiment de liberté retrouvée.

Sa marraine lui apporte tout ce que sa mère ne parvient

pas à lui donner, l'intimité intellectuelle et la confiance en lui. Son mari, figure intellectuelle fondatrice, éveille chez l'adolescent un intérêt réel pour la littérature, la peinture et le cinéma. Stéphane, leur fils aîné, à peine plus âgé, est fascinant d'aplomb et de détermination intellectuelle. Il offre au provincial curieux sa très amicale distance. La proximité de Philippe, le mari de Michèle, avec le mouvement surréaliste donne à la famille un regard original, souvent inclassable, d'une grande pertinence et d'une tolérance qui l'est tout autant. Leurs deux filles, des jumelles nées le même mois que l'adolescent, sont tout aussi affûtées. Fred, la plus petite, a la science de sa mère, et une aptitude à décortiquer le réel, qu'elle tient de son père, dans le côté impératif et spectaculaire de la démonstration. Joëlle, la plus grande, ressemble physiquement à sa mère et elle est implacable à démêler le vrai du faux et le laid du beau. Et tous ont en commun un sens de l'humour que l'adolescent n'avait jamais rencontré jusqu'ici, qui leur donne une sorte de supériorité évidente. Ils le confortent dans sa rébellion tout en lui donnant les arguments qui lui permettent de mieux la conceptualiser. Ils désamorcent ce qu'elle a d'impétueux, de brouillon, et lui donnent les armes pour la structurer.

De ce premier séjour, qui sera suivi de nombreux autres, il revient avec une confiance en lui restaurée par cette famille aimante qui, de vieux liens d'amitié entre parents, a fait une planche de salut pour la génération qui suit. Alors commence une longue correspondance avec la plus petite des sœurs jumelles qui le soustrait à cette solitude dans laquelle il s'était enfoncé.

Mais la réalité est dure : alors que ses nouveaux amis fréquentent les grands lycées parisiens, lui retourne dans son institution privée provinciale, sinistre et monotone.

À la veille de la rentrée, il s'engage sous le porche du lycée public le plus prestigieux de la ville et demande à voir le proviseur. L'homme, plutôt jeune, le reçoit dans son bureau, intrigué par ce garçon qui lui fait un bref résumé du désastre de son parcours scolaire et demande de lui donner une nouvelle chance, à laquelle il promet de faire honneur. Un professeur de philosophie, qui ressemble à s'y méprendre à Tchekhov avec sa petite barbe et son air de bonté, entre inopinément dans la pièce. La conversation s'engage, l'adolescent s'explique sur ses errements, les leçons qu'il en a tirées, sa bonne foi. Il est admis à l'essai pour une période de trois mois. L'école publique qui avait sauvé son père le sauve à son tour.

Les parents retrouvent de l'intérêt pour leur fils. Son père s'est apaisé, comme quelqu'un qui a survécu à une tragédie. La façon dont son fils a jusqu'ici tourné le dos à la réussite, en faisant le choix de la marginalité, l'a particulièrement blessé parce qu'elle était dirigée contre lui, contre tout ce qu'il s'est efforcé de bâtir. La reconnaissance qu'il montre alors à son fils est touchante. Il lui parle comme à un ami, à un complice, ce qui décuple l'énergie de l'adolescent. Michèle et sa famille ont su redonner à son fils une perspective qu'il ne parvenait pas à distinguer dans les brumes de ses principes.

L'adolescent, bientôt adulte, qui ne savait rien mener

à bout est pris d'une étrange obsession. Comme s'il avait brusquement décidé de venger les jambes de son père, il se met à courir. Il s'y astreint chaque jour, augmente les distances, jusqu'à parcourir cent cinquante kilomètres par semaine. Une drogue a remplacé l'autre. Son père s'inquiète de cette soudaine assiduité. Il lui arrive de participer à des compétitions auxquelles son père assiste, stupéfait de cette rage de se dépasser, de se battre contre lui-même. Le père comprend que cette volonté qui lui faisait défaut anime maintenant son fils. Il comprend ce que son handicap a pesé sur cet enfant, qui a mis si longtemps à exprimer la profonde admiration qu'il avait pour lui et à trouver l'énergie de le satisfaire.

L'Afrique ressurgit subitement dans l'actualité. *Paris Match* publie les photos du massacre d'hommes et de femmes occidentales à Kolwezi, une région minière du Congo. Quelques jours plus tôt, l'armée régulière du dictateur Mobutu, minée par la corruption qui la conduit à vendre ses armes en pièces détachées, à bout de forces comme tout le système qu'elle prétend défendre, a été submergée par une attaque de rebelles.

Le fils est bouleversé par le spectacle de ces cadavres enchevêtrés. Le père, lui, n'est pas étonné. Le massacre est attribué aux rebelles par un Mobutu dépassé, qui fait appel aux forces françaises et belges.

En réalité, Mobutu, sortant de son rôle de marionnette, pour motiver les Français à envoyer leurs parachutistes et sauver son régime en putréfaction, a organisé lui-même le massacre de ces familles, pour beaucoup des mineurs français ou belges privés de travail dans leur propre pays par la crise industrielle. À écouter les informations, à lire les journaux, à entendre le président Giscard lui-même, on n'imagine pas que la France soit tombée à pieds joints dans le piège qui lui a été tendu. À grand renfort de communication, elle met en scène le sauvetage des populations restantes, un moment de gloire pitoyable. C'est cette même Afrique qui fait chuter Giscard, accusé d'avoir profité des largesses du dictateur Bokassa entre deux chasses au grand gibier dont il raffolait.

La Françafrique connaîtra bien plus tard l'apogée de l'ineptie de sa politique postcoloniale, le génocide du Rwanda, mais cet épisode honteux, point d'orgue de décennies d'aveuglement criminel, sera épargné au père, mort depuis plus de dix ans.

Il a glissé. En coinçant son pied mort sous un lit qu'il voulait pousser sans l'aide de personne, il est tombé. Sa jambe dévitalisée s'est brisée en deux comme du verre. On l'opère d'urgence. Il doute de pouvoir s'appuyer à nouveau sur cette jambe comme avant. Lui qui n'a jamais désarmé sait que les plus belles années de sa mobilité sont derrière lui. Alors s'entame une longue convalescence, pendant laquelle son fils profite de l'immobilisation de son père pour lui parler.

Ils passent désormais des heures à confronter leurs points de vue. C'est du ciel qu'ils discutent le plus souvent car, s'il est une chose à comprendre avant de disparaître, ce sont les limites de l'univers dans lequel on a vécu. La science ne fait que les repousser et, à mesure que le théâtre de nos vies s'élargit, celles-ci semblent de plus en plus fragiles. Les probabilités s'articulent, invisibles. Nous ne sommes rien de plus que l'aboutissement de petites probabilités dans les murs d'une prison céleste construite par la mort mais, au-delà, tout est infini et par là même échappe à notre compréhension. Raison pour laquelle chacun se pense en droit de réduire son propre univers à une dimension acceptable. Il en va du physicien comme du philatéliste.

La politique s'invite souvent dans leurs conversations. Son père ne croit pas à l'égalité entre les individus parce que la génétique et les empreintes de l'enfance créent différentes aptitudes. Pour lui, la société se doit de compenser cette inégalité sans décourager l'effort et la volonté. Il ne pense pas que l'intelligence soit équitablement répartie et croit aux devoirs de l'élite éduquée vis-à-vis de tous ceux qui n'en ont pas les dispositions, la formation, pour appréhender la complexité grandissante des sociétés.

Ils espèrent l'un et l'autre dans une Europe sans États-nations où chaque région garantirait aux individus leur lien à ce vaste ensemble. Dans quelques années, le mur qui soutenait les décombres du totalitarisme va s'effondrer et l'Europe, dans sa précipitation à se ressouder, multipliera les erreurs. Mais la guerre froide à laquelle il a participé sans jamais rien en dire prendra fin avant que le plus gigantesque des pays communistes, la Chine, fusionne sa bureaucratie autoritaire avec le plus extrême des capitalismes, réalisant ainsi la synthèse inespérée des deux systèmes qui conduisent à la même impasse climatique. C'est cette même Chine qui discrètement prendra le contrôle de l'Afrique et de ses possessions, dans une forme qui lui est propre d'impérialisme utilitaire, sans violence armée, quand la France bataillera au Sahel pour se maintenir face à une idéologie non occidentale, un islam dévoyé qui essaimera jusque dans la jeunesse française.

Suivant l'exemple de son aîné, son fils cadet a quitté la maison à son tour pour prendre une chambre en ville, une soupente où pullulent les cafards. Ce court éloignement les rapproche et il ne se passe pas deux jours sans qu'il revienne à la maison. Ils continuent à prendre du temps pour échanger, à parler de l'essentiel, ils refont le monde dans la jubilation de leur relation nouvelle. La sérénité que le fils découvre chez son père vient de l'accomplissement de ses ambitions raisonnables, dont il pense avoir fait le tour. Elle vient aussi probablement du fait que, pour cet être qui a perdu la foi, l'esprit survit grâce aux enfants, qui le feront perdurer à leur tour dans ses croyances et dans ses valeurs. La transmission, c'est la seule postérité qui vaille.

Il leur arrive de parler de l'affrontement qui les a opposés durant l'adolescence du fils. C'est un peu la métaphore du soulèvement d'une génération nouvelle contre celle, plus ancienne, des Trente Glorieuses. La jeunesse de la fin des années 60 a cru que l'humanité pourrait s'abstraire du système de ses parents, et elle s'est trompée.

Non seulement elle renoncera à cette ambition, mais elle amplifiera le phénomène consumériste aux dépens du développement de l'être, essentiellement cantonné dans ses fonctions de production et de consommation. Cette étape du triomphe de la satisfaction matérielle, il en a été un des artisans modestes mais convaincus. Il se souvient que, jusque-là, l'histoire humaine était marquée par la précarité. Puis le temps est venu pour l'homme de dominer à son tour. Pourtant, quand il s'est agi de choisir une maison pour leur retraite, il a exclu sa Bretagne natale, défigurée par un complexe agroalimentaire qui, à partir du remembrement, a dévasté ses paysages et ses sous-sols, au nom de la croissance et de l'emploi, pour transformer l'intérieur des terres en un funeste exemple de la désolation humaine.

Il ne regrette pas non plus sa participation active à l'industrialisation nucléaire qui, selon lui, fera toujours moins de victimes que le charbon, le pétrole et leurs émanations nocives. Il reconnaît que le pari du traitement des déchets a été perdu, mais il fait confiance à la science pour résoudre cet effrayant défi.

Son fils lui rappelle la ferveur religieuse de son enfance qui, au fil des années, s'est convertie en agnosticisme militant. La réflexion d'une vie l'a conduit à penser que l'intelligence humaine ne permet pas d'accéder à Dieu, et encore moins de prouver son existence, et il voit dans les religions la nécessité du sacré, une forme de superstition et de négociation permanente avec les hasards de la providence, qui ne sont jamais que la réalisation de petites probabilités.

Puis cette harmonie retrouvée vient à se dérégler. Pilou, dont les séjours enchantaient la maison, est un des premiers à être atteint d'un virus qui restera le fait le plus marquant de sa génération, pour qui le sexe à peine libéré par la contre-culture se transforme en menace terrifiante. À l'épidémie de sida va s'ajouter la première grande crise sanitaire du pays avec l'affaire du sang contaminé, la diffusion du virus par transfusion à des malades hospitaliers et à des hémophiles.

Mitterrand, qui avait tant décrié la fonction présidentielle, s'y installe en « universelle araigne », qui multiplie les discours de gauche tout en tuant les communistes, vestiges d'une France résistante. Il ne rate pas un déjeuner avec d'anciens collaborateurs notoires, comme René Bousquet et Louis Darquier de Pellepoix, respectivement secrétaire général de la police et commissaire aux questions juives de Vichy. C'est aussi lui qui, par calcul politique, lève l'infamie qui pèse sur l'extrême droite française en la favorisant par le système électoral.

La famille au complet a voté pour le sphinx, mais du bout des doigts. La gauche qu'il construit est avant tout destinée à s'autodétruire et Michel Rocard, dont les convictions sont authentiques, va en faire les frais.

Sa mère observe, sans surprise, les agissements d'un parti qui pratique la corruption, ni plus ni moins que les autres, en s'emberlificotant parfois dans certains montages complexes relatifs au traitement des eaux.

Son père ne connaîtra pas la fin du socialisme français qui mettra un peu de moins de quarante ans à reconnaître qu'il a échoué à être lui-même.

Cette année 84, il n'en aura connu que les trois premiers mois. Il en a suivi l'actualité, affaibli par la maladie qui l'oblige à rester assis. Lui qui s'y est toujours refusé a acheté une télévision, la regarde pour ne pas penser à la mort qui vient. Il y voit le monde sombrer dans le libéralisme forcené sous la pression de Margaret Thatcher et de Ronald Reagan, l'argent décider de tout, la cupidité triompher comme l'évidence de l'essence humaine.

L'adolescent, devenu un jeune homme, se souvient de ce jour d'été en Bretagne, dix ans plus tôt, où Marguerite l'a supplié d'aller chercher le Bosco qui travaille dans son champ, en retraité appliqué. Elle s'est allongée dans son lit et a fermé les yeux pour ne jamais les rouvrir. L'alcool a fait son œuvre. C'est du moins ce que tout le monde a cru, par facilité. Ce qui l'a emportée, en réalité, c'est une maladie qui était en elle depuis sa naissance. Sans doute aurait-on pu, si on l'avait su, éviter qu'elle ne se propage à son fils, ce fils pour lequel elle a tant fait et à qui elle laisse un cancer en héritage. On a voulu croire que les radiations qu'il avait subies incidemment expliquaient cette prolifération de funestes cellules, mais il n'en était rien.

Ils se suivent à peu d'intervalle dans la maladie, comme si leur histoire était indissociable. Elle est morte avant d'en avoir eu les symptômes. Les siens apparaissent brutalement et ne laissent pas de doute sur son destin. Il se bat parce qu'il a foi dans la chimie, la chimie contre la maladie. Le professeur de médecine qui le soigne entretient avec lui une relation comme il s'en établit entre scientifiques. Dès le premier jour, la maladie est sans issue, mais lui veut y croire et propose d'être le cobaye de tous les traitements expérimentaux. On lui prédit six mois à vivre, il tient deux ans. Parce que cette maladie l'a tué, les générations suivantes, prévenues de ce syndrome fatal, pourront le combattre à armes égales.

Même s'il m'a écouté une bonne partie de la nuit, je n'ai pas livré à l'interne tant de détails sur son patient mourant. Assez malgré tout pour lui parler d'une vie, une vie parmi tant d'autres.

Mais la question restait la même, je lui demandais d'en finir avec cette vie, d'abréger cette volonté pour lui éviter le martyre.

Le jeune médecin m'avait écouté comme un prêtre entend la confession d'un pécheur, comme un juge entend la dernière plaidoirie d'un avocat. Puis il a décidé. Sans rien dire il s'est levé, en repoussant sa lourde chevelure blonde. Il est revenu un moment plus tard pour me dire qu'il ne souffrirait plus. Nous sommes restés longtemps à nous regarder, silencieux. Il a quitté le service au petit matin avec l'air fier que je lui connaissais et m'a salué d'un signe affectueux de la main. Nous ne nous sommes plus jamais parlé. Quelques instants plus tard, la surveillante venait m'annoncer que la vie de mon père s'était éteinte.

Durant les quinze années qui ont suivi, j'ai donné le change. Puis je suis retombé en moi-même, les velléités mises à part, dans l'équilibre précaire des illusions fragiles, en aimable rebelle d'un monde qui sombre dans un fatras de mots contre lequel l'amour des miens est le rempart le plus solide.

Je leur parle de lui, qu'aucun d'entre eux n'a connu, non pas comme d'une icône mais comme d'une partie d'eux-mêmes insinuée au plus profond de leur âme. Je garde précieusement ce livre pour l'aîné de mes petits-enfants, un petit garçon différent, porté par les étoiles, pour qu'il impose sa volonté à un monde d'aliénés qui se pensent normaux.

Pilou a suivi mon père, quelques semaines plus tard, puis Philippe, le mari de Michèle que j'appelais mon « marrain » par affection. Ma mère et moi avons fait le constat silencieux que nous nous connaissions bien mal l'un et l'autre. Avoir aimé la même personne, d'un amour différent mais tout aussi intense, nous avait curieusement éloignés. La douleur nous a rapprochés un moment puis, malgré les manifestations d'affection, nous sommes restés à distance alors qu'elle se battait pour continuer à vivre sans lui, autrement que dans son regard, en se consacrant avec beaucoup d'intelligence et d'énergie à ses petits-enfants. Tout en poursuivant par ailleurs son action pour la cause des femmes, elle donnait le sentiment de s'épuiser à survivre à cet homme qu'elle avait aimé inconditionnellement. De toute la famille, Meno est celle qui a vécu le plus longtemps. Elle finira par avouer son immense admiration pour son gendre et sa gratitude pour la manière dont il avait aimé sa fille.

Quelques années plus tard, j'ai passé des vacances dans un lieu reculé avec un ami, agent secret rompu aux méandres de la psychologie humaine, dont il était à l'origine un spécialiste, et j'en suis venu, je ne sais par quel chemin, à lui parler de mon père. Il m'a écouté sans rien dire en me scrutant puis, comme je faisais une pause dans ma narration, il m'a brutalement interrompu : « Tu parles trop bien de ton père pour ne pas avoir quelque chose de profondément irrésolu avec ta mère. » Le temps passant, j'ai compris que j'en voulais à ma mère de m'avoir abandonné à mes terreurs d'enfant, d'avoir laissé son impérieuse ambition la détourner de moi, m'interdisant de me confier à elle quand j'en avais besoin. Mais je m'en suis voulu de mes reproches, que je n'ai jamais formulés, mesurant la difficulté qu'elle avait eu d'être une femme et de l'assumer avec autant de force et de conviction.

Elle n'a jamais cessé de travailler, considérant sans doute que le fait de prendre sa retraite l'obligerait à renoncer à sa condition de femme.

Je sais maintenant que j'ai consacré vingt ans de ma vie à lui prouver que j'étais capable de me conformer à ce modèle de réussite sociale auquel elle me pensait inapte, me prédisant quand j'étais adolescent que je ne serais jamais rien d'autre qu'un artiste.

Quand, atteinte de la même maladie que son mari dans un curieux mimétisme de la fin, elle est entrée dans la souffrance des derniers jours, j'ai essayé d'intercéder auprès de son médecin, une femme. Lui raconter son histoire n'aurait servi à rien. Elle m'a opposé que, malgré les souffrances, voler la mort de quelqu'un c'était lui prendre un peu de sa vie. Par chance, ma mère rendit rapidement son dernier souffle, soulagée de mettre un terme à toutes ces années sans lui. Je l'ai enterrée près de lui avec, en tête, les images du bonheur inoubliable que nous avons connu ensemble, dans cette maison modeste qu'ils avaient achetée sur le tard dans une vallée chaude et humide du Sud-Ouest, qui leur rappelait la moiteur africaine, et où se trouve désormais leur tombe. Ils étaient du genre à y graver « Tout est là », parce qu'ils n'avaient pas l'immodestie de croire qu'ils pourraient se retrouver ailleurs.

Pas un jour ne se passe sans que je pense à eux, sans que je rêve d'eux. Toujours le même rêve. On m'annonce qu'il est condamné mais la mort ne vient pas, elle reste suspendue au-dessus de lui. Je m'en inquiète et ma mère m'apaise.

J'ai failli le rater de peu. Au moment où je l'ai vraiment connu et compris, où je l'ai vraiment aimé, où enfin j'allais pouvoir profiter de lui et de son estime, on me l'a arraché, comme si ce que nous devions construire ensemble nous était interdit. Je me suis épuisé tout au long de mon adolescence à lui résister, tuer le père qu'il n'était pas et, quand il s'est révélé être lui-même, il est mort pour de bon. Il est parti avec le sentiment d'avoir réussi tout ce qu'il avait entrepris, de n'avoir cédé à rien ni à personne.

Ce qu'ils étaient a perduré. Il n'est pas question de les magnifier – ils ne l'auraient pas accepté –, mais ce qu'on voit d'eux chez leurs enfants, et leurs petits-enfants même s'il est encore un peu tôt, me conforte dans l'idée qu'ils connaissent la seule postérité qui vaille, qui n'est pas celle de l'œuvre, mais celle de l'être perpétué chaque jour dans sa descendance. Les civilisations primitives savaient célébrer les anciens, essence même d'une spiritualité qui doit rester le propre de notre humanité.

Composition : PCA
Achevé d'imprimer
par CPI Firmin-Didot
à Mesnil-sur-l'Estrée, en juin 2021
Dépôt légal : juin 2021
Numéro d'imprimeur : 164566

ISBN : 978-2-07-294594-6/Imprimé en France

394859